UNIVERSALE
ECONOMICA
FELTRINELLI

ENZO GIANMARIA
NAPOLILLO

Le tartarughe tornano sempre

Prima edizione ne "I Narratori" marzo 2015
Prima edizione nell'"Universale Economica" novembre 2016

Stampa Nuovo Istituto Italiano d'Arti Grafiche - BG

ISBN 978-88-07-88867-0

Questo romanzo è un'opera di fantasia: con l'eccezione di alcuni luoghi e fatti di cronaca citati per creare un contesto, i personaggi e gli eventi sono frutto dell'immaginazione dell'autore. Qualsiasi corrispondenza con nomi, caratteristiche fisiche e professioni realmente esistenti è dunque puramente casuale.

A chi non si arrende e continua a cercare

Un'isola è libertà e prigione

Un'isola è libertà e prigione. È per questo che Salvatore corre, dal mattino alla sera, dietro un pallone, si tuffa da uno scoglio, pedala a mille con gli amici sulla bicicletta. Adora il caldo che asciuga il sudore, la pietra che scotta la schiena, la granita di gelso, il riverbero sulla strada che taglia in due l'isola, da Capo Ponente al capoluogo dove vivono quasi tutti. Dove lui vive con i genitori, figlio unico, ragazzino spensierato.

La mamma di Salvatore è brava a fare i centrini. Ricama in inverno e in primavera, vende ai turisti in estate, si riposa in autunno. Il papà è pescatore, ha una piccola barca con un motore malandato che paragona a un vecchio mulo che non si arrende, e tante reti da buttare in acqua. I suoi clienti sono i ristoranti e gli alberghi della costa che ogni giorno ordinano cassette di pesce. Per battere la concorrenza del surgelato d'oltreoceano, lui e gli altri pescatori dell'isola abbassano i prezzi, riducono i margini. Dicono che campare in estate è facile, ma che l'inverno arriva sempre.

Non si sono incontrati per caso, non è stato il destino a farli conoscere, ma i vicoli dell'isola e lo spazio che si apre appena usciti dall'abitato, che sbilancia e lascia senza fiato. Raccontano sia per questo che le case sono state costruite una vicina all'altra, che sia nella vicinanza che si può placare la paura dell'infinito. E stando vicini un ragazzo e una ragazza non hanno altre difese che unirsi.

Hanno giocato insieme con la palla nella piazza, e a nascondino nei locali della scuola elementare. Hanno visto le stesse facce, ascoltato le stesse parole, e condiviso matrimoni e funerali. Non è difficile immaginarli mano nella mano a Punta Caladritta, intenti a scoprire nuovi sguardi dentro di loro.

Un'isola è libertà e prigione.

Salvatore spalanca la porta di casa, il fiatone gli resta nei polmoni quando vede il padre che bacia la moglie con una mano sulla schiena e l'altra sul sedere. D'istinto si volta dall'altra parte, riprende a respirare, ascolta il fruscio che il loro slegarsi produce.

Finge di scandalizzarsi, mentre sale le scale e si chiude in camera sua. Invece è felice di cogliere di sorpresa il loro amore, un sentimento che lo rassicura e la notte gli fa prendere sonno appena appoggia la testa al cuscino.

D'altronde anche loro conoscono il suo amore e fanno facce buffe quando il postino lascia una busta rosa accanto alla porta. Ha provato a scrivere a Giulia che una semplice busta bianca andava bene, che poteva essere scambiata per la richiesta di rinnovo dell'abbonamento a Topolino, disdetto tre anni prima, ma lei dice che è l'unico modo per essere sicura che arrivi a destinazione, che i postini di tutto il mondo mettono particolare cura a una lettera rosa. Se si impunta su qualcosa, non c'è verso di farle cambiare idea. E anche se Salvatore sa che questo è uno dei motivi per cui è lei e non un'altra la sua fidanzata, alcune volte è dura.

Si sono conosciuti esattamente come i suoi genitori, incontrandosi per strada, frequentando gli stessi amici. Giulia ha sedici anni, uno meno di Salvatore, e vive a Milano perché suo padre è un famoso architetto che ripete spesso quanto la vita sia vera e frizzante in città e noiosa e ripetitiva sull'isola, buona per le vacanze, per rilassarsi e riposare. Giulia dice che le piacciono entrambe, l'isola e la città, e che non sa dove vorrà vivere da grande. Salvatore finge di avere un'opinione e dice di preferire l'isola, anche se in una città, una di quelle con i grattacieli e milioni di abitanti, non c'è mai stato.

A Salvatore, Giulia è piaciuta subito. Era stata lei, tanti anni prima, ad andare da lui, ad abbattere il muro che da bambini divide i maschi dalle femmine.

Lui era impegnato in una partita a pallone con gli amici, una giornata di fine estate, con il sole del pomeriggio ancora alto.

Stava in porta, delimitata da pali fatti da magliette e canottiere. Gridava indicazioni ai compagni, non voleva che gli avversari tirassero, che capissero con maggiore chiarezza che, se faceva il portiere, non era perché gli piacesse, ma perché in tutti gli altri ruoli era ancora più scarso. Eccelleva nel nuoto, nella corsa, ma a calcio era una schiappa.

Giulia si era avvicinata, calpestava l'erba secca con leggerezza, come se ne fosse dispiaciuta.

"Posso giocare?" aveva chiesto.

"Siamo pari, con te saremmo dispari. Se vuoi, puoi giocare al mio posto," aveva detto Salvatore, misurando la lunghezza della porta per farle capire che era un ruolo noioso.

"In porta non mi piace. Sono brava in attacco."

"Gli altri non ti faranno mai giocare."

"E tu?"

"Io cosa?"

Giulia non gli aveva mai rivolto la parola e ora faceva tutte quelle domande strane.

"Tu mi faresti giocare in attacco?"

Aveva smesso di seguire l'azione, l'aveva guardata. Gli sorrideva, aveva occhi luminosi e ginocchia sbucciate.

"Io sì. Penso di sì," le aveva risposto, mentre una palla floscia, il retropassaggio di un compagno, si infilava tra le sue gambe. Nonostante il gol subito, nessuno voleva che Giulia lo sostituisse, tutti sputavano in terra per dare più autorità ai dinieghi.

Lei non aveva cercato di convincerli, aveva preso il pallone alle spalle di Salvatore e aveva cominciato a correre. Solo a quel punto Salvatore e i suoi amici si erano resi conto di essere circondati da femmine urlanti. Giulia aveva raggiunto la bicicletta e con le altre si era dileguata tra polvere e pedali spinti al massimo. Avevano impiegato qualche secondo per reagire, si erano accorti tardi che il piano era ben organizzato, che le gomme delle loro biciclette erano state sgonfiate e a piedi non le avrebbero mai acciuffate.

Tornando verso casa, c'era chi definiva Salvatore complice, chi pretendeva fosse lui a riparare l'oltraggio. Salvatore non ascoltava, pensava solo al sorriso di Giulia, alla facilità della sua corsa, ai suoi capelli nel vento. Non gli interessavano più né il pallone né le partite, era come se non fossero mai esistiti, cancellati da una forza capace di farlo ridere da solo, tra gli sguardi straniti dei suoi amici, di fargli borbottare la pancia al solo pensiero di rivederla.

C'erano state ripicche, piccole vendette, terminate con la fine dell'estate e la partenza degli stranieri, come chiamavano chi era emigrato sulla terraferma.

Giulia e Salvatore avevano cominciato a trascorrere il tempo del riposo post pranzo, considerato sacro sull'isola, accucciati all'ombra della fontana nella piazza.

"I tuoi amici sanno che sei qui?"

"Se lo sapessero, non mi rivolgerebbero più la parola."

"Sei coraggioso."

Salvatore aveva sentito le guance arroventarsi, mentre con una mano si grattava la testa alla ricerca di un pensiero compiuto che non gli facesse fare la figura dello stoccafisso.

"Un cugino di mio padre si è buttato di testa da uno dei faraglioni. Lui è stato coraggioso."

"Sono alti come palazzi."

"Giuro che è vero," aveva risposto lui con gli indici incrociati sulle labbra.

"Un mio amico uccide le meduse a mani nude." Giulia aveva unito le mani strette a pugno e simulato uno strozzamento.

"Non sono mica galline. Non hanno il collo."

Giulia si era sporta verso di lui per protestare, e aveva ripetuto il gesto degli indici incrociati sulle labbra.

Da vicino la sua bocca aveva fatto ridere Salvatore.

"Cosa c'è da ridere?"

Quando i loro amici uscivano dalle case e li raggiungevano, dovevano separarsi, ricostituire una barriera che non li riguardava. Si osservavano di nascosto, da angoli opposti della piazza, sulla spiaggia, tra le onde. Preparavano discorsi, aneddoti, alle obiezioni rispondevano con nuovi giuramenti. Imparavano a fidarsi poco alla volta dei loro sguardi. Imparavano a riconoscerne le sfumature, ad apprezzarne la franchezza.

*

Una domenica le loro famiglie erano state invitate al matrimonio tra un ragazzo dell'isola e la figlia dell'ex vicesindaco emigrato a Roma per fare il deputato. Il vicesindaco, diceva il padre di Salvatore, si era montato la testa, credeva che i soldi avrebbero comperato anche gli apprezzamenti di chi non lo aveva in simpatia. Sull'isola, diceva sempre il padre di Salvatore, i soldi servono solo per andarsene, se uno vuole restare non può essere comperato, e questo il vicesindaco se lo era scordato.

A nessuno importava della sfarzosa cerimonia che aveva stravolto l'umile chiesa del paese sommergendola di fiori giapponesi e addobbi dorati, nessuno aveva ascoltato i banali discorsi del parroco sull'amore e sui precisi ruoli dell'uomo e della donna. Ai presenti interessavano i ragazzi, i riflessi di verità trattenuti a stento da abiti e riti formali.

Alla sera, terminata la cena, tra brindisi, canti e musica di un trio melodico, Giulia era andata al tavolo di Salvatore, lo aveva preso per mano e lo aveva condotto lontano dalle luci, senza smettere di camminare. Aveva con sé un pacchetto bianco avvolto con del nastro da regalo.

"Abbiamo ancora un po' di tempo," gli aveva sussurrato quando le note del pianoforte elettronico cominciavano a essere indistinguibili e il frinire dei grilli a salire d'intensità.

"Per cosa?" le aveva chiesto, incapace di non essere stupito, con la mano sudata stretta nella sua.

"Per noi," aveva risposto semplice lei, girandosi per un attimo a guardarlo.

Salvatore, senza saperne il motivo, aveva pensato a un rebus della settimana enigmistica, nella sua mente aveva creato le immagini di loro due con lettere attorno e una lunga serie di numeri. Si ripeteva che se lo avesse risolto le cose sarebbero state chiare: avrebbe saputo essere all'altezza della situazione. Il problema è che, oltre a essere una schiappa a calcio, lo era anche con i rebus e nel tempo in cui sua madre ne risolveva dieci lui ne terminava uno.

Giulia l'aveva portato alle biciclette, avevano attaccato la dinamo e illuminato un metro avanti a loro le strade che avrebbero potuto percorrere anche bendati.

Salvatore sapeva dove stavano andando, e l'idea gli piaceva. Fischiettava una melodia, mentre seguiva la traiettoria di Giulia, rivestita di un abito bianco, leggero, che la trasformava in una sagoma evanescente.

A punta Caladritta la luna si nascondeva nel buio, le stelle stavano sopra di loro e li circondavano.

Giulia trafficava con il pacchetto, ne aveva estratto qualcosa.

"Vieni," aveva detto stringendosi le braccia al petto.

Salvatore partecipava, eseguiva gli ordini, cercava di restare concentrato per poter rivivere con precisione dialoghi e passi.

Si erano rannicchiati vicino alla scogliera, contro due massi che li proteggevano dalla brezza fresca e costante.

"Sai cos'è?" aveva domandato Giulia, e aveva indicato l'oggetto che teneva tra le gambe incrociate.

"Non ne ho idea," aveva risposto lui, annaspando nella semioscurità.

"La chiamano Lanterna del destino. Dicono che, se due persone l'accendono insieme, le loro vite sono destinate a incrociarsi per sempre."

Gli era scappata una risatina a cui lei aveva ribattuto corrucciata.

"È una cosa seria."

"Dove l'hai trovata?"

"È la bomboniera del matrimonio. È fatta apposta per chi non ha ancora scelto il suo destino."

"Tu vorresti incrociare il nostro?" le aveva chiesto speranzoso, però con un tono stridulo da bambino incredulo.

"Se tu lo vuoi," aveva ribattuto timida. Salvatore si era alzato all'istante, era l'unico modo per riuscire a contenere l'emozione.

"Dobbiamo farlo in piedi," aveva specificato, per darsi la possibilità di placare l'agitazione e scuotere le gambe.

"D'accordo. Tieni questo."

Gli aveva passato un accendino, e aveva preparato lo stoppino della lanterna di carta.

"Sei pronto?"

"Sì."

Avevano dovuto tentare più volte, coprire con le mani la fiamma perché non si spegnesse, ma alla fine ce l'avevano fatta, la lanterna si era accesa.

Era rimasta tra loro per secondi infiniti, aveva oscillato di lato, e poi, sospinta dalla corrente d'aria, si era alzata sulle loro teste e aveva preso quota rapidamente. Era un'altra stella, un altro puntino luminoso che volava sul mare, e che significava qualcosa di incommensurabile.

La osservavano rapiti, la indicavano con le dita quando la perdevano di vista, e poco prima che sparisse e venisse inghiottita dal cielo, Giulia aveva detto: "Se non ci diamo un bacio non funzionerà".

Salvatore aveva annuito e deglutito.

Si era posto di fronte a lei, e aveva detto: "Va bene".

Non dovevano indugiare e allo stesso tempo non potevano avere fretta. Erano persi nell'anticipazione del bacio, ben prima che le labbra si sfiorassero. Era stato un bacio delicato, il primo e perfetto bacio.

Salvatore percepiva la propria pelle d'oca e le loro vibrazioni.

La notte li aveva riportati a casa, ebbri di qualcosa che nessuna sostanza può imitare. Felici di un bacio, della vita, delle loro mani libere, di quel destino sfidato che con innocente spavalderia ritenevano conquistato.

Mancavano pochi giorni alla partenza di Giulia, e l'ora con lei diveniva l'unico momento della giornata da aspettare. Nasceva con parole semplici, con i racconti di inverni ventosi e di inverni da appartamento milanese, un sentimento che li avrebbe legati stretti, costringendoli ad aspettare un ritorno lontano, e la prima di molte, moltissime, lettere dalla busta rosa.

*

La primavera è il primo fiore che sboccia sull'altipiano, è il suo colore giallo che dalla mattina alla sera si stende come un lenzuolo su cui rincorrersi con le braccia aperte controvento, aeroplani di carta, di muscoli tesi e capelli scompigliati.

Salvatore, quattro sillabe e nove lettere. Nessun diminutivo, né Totò né Salvo, non gli piacciono, lo fanno sentire zoppo. I suoi amici lo usano come arma quando litigano, diventano zanzare, sibilano Too-tò, si scambiano le sillabe e giocano a farle schiantare al suolo. Non litigano spesso, non parlano molto, si concentrano sui giochi, sulla competizione, su vincere e saper perdere.

Sono abituati a stare in gruppo, a perdersi in balia di decisioni irrevocabili e partenze familiari, con valigie e occhi gonfi, mobili stipati in container, padri e madri speranzosi di futuro. Si salutano indecisi, consapevoli che gli adulti, da qui, se ne vogliono andare.

E loro assorbono, studiano geografia, e sulle mappe invidiano chi abita gli spazi colorati grandi migliaia di volte il triangolino che rappresenta la loro isola. Qualcuno parla di scuole migliori, di aperture mentali, di gente e di numeri, dello sparire, della comodità di diventare trasparenti. Qualcuno insorge, indica un punto qualsiasi, il campanile, le rocce nere, il mare là sotto, e dice che fuori queste cose non esistono, che il cielo non è blu, che i polmoni di un cugino sono marciti in una miniera, che la sera sputa sangue nel piatto e il freddo gli fa battere i denti. Accumulano paura, nonostante i confini siano ben definiti e dall'altipiano possano vederli, disegnarli, e trasformarli in fondamenta. L'isola pare piccola, anche se è immensa.

Vanno al porto e dai visi pallidi che si trovano di fronte nella calca non vengono rassicurati, ma travolti. Profumi, accenti, lingue diverse, capigliature, colori degli occhi e dei capelli li avvolgono in un abbraccio fugace che li lascia svuotati, con le mani nelle tasche e i piedi che calciano sassolini nell'acqua.

Ma se sono lì è per un altro motivo: le ragazze dalla pelle chiara, dai capelli biondi e dagli occhi azzurri. Si spintonano a vicenda, le loro occhiate sono più rapide dei camioncini che caricano i turisti e li portano negli alberghi. Sono radar che inquadrano obiettivi e archiviano informazioni. In attesa della nave successiva, si parlano sopra, contano chi ne ha viste di più, stilano una classifica basata sull'affidabilità dell'avvistamento, sui testimoni che possono garantire della sommaria descrizione di magliettine, infradito, lunghezze dei capelli.

La maggior parte le vedono all'arrivo e le rivedono alla partenza. Quando ne sono intimoriti ridono, si danno di gomito per farsi forza e somigliare a uomini che non hanno bisogno di nulla, anche se gli uomini dell'isola non sembrano meno attratti, intenti a sfregarsi la barba con le mani e a non farsi notare dalle mogli.

A volte ne incrociano alcune sulle strade dell'isola mentre sfrecciano sui motorini e non si fermano mai. Non sanno dove dormono, come passano il tempo, cosa fanno quando non vanno in spiaggia. Vorrebbero fermarle, domandare, ma temono che non parlino la loro lingua.

Vivono la loro età, ne distillano l'essenza, tra ingenuità e illusione, tra perdita e fragilità.

Salvatore sente di mentire, che negli sguardi degli amici non riesce a riflettersi completamente. In una tasca dei pantaloncini tiene l'ultima lettera di Giulia, teme che l'inchiostro possa scomparire, o di dimenticare la data del suo arrivo. Un giorno preciso, con accanto il mese, senza anno perché l'anno non può che essere questo. L'anno in cui le cose cambieranno.

Gli amici sono già in spiaggia, tengono la testa alta, con coraggio prendono le onde in faccia e riemergono, senza rendersi conto che il mare si ingrossa e il fondo lo toccano in punta di piedi.

Nel frattempo Salvatore la aspetta, sfiora la busta rosa, fa un passo di lato e guarda torvo le ragazze che gli vengono incontro. Nessuna di loro è lei, e per adesso non c'è altro che lo possa interessare.

*

Sulla banchina del porto, a mezzogiorno, un giorno di luglio. Il sole squaglia l'asfalto, lo rende tutt'uno con la suola di gomma delle infradito. Salvatore tiene una mano tesa sulla fronte, e scruta l'orizzonte. Giulia gli ha telefonato, gli ha detto l'orario della nave per non farlo rimanere con il fiato sospeso a ogni attracco.

Seduto su un muretto c'è Tobia, un vecchio commerciante di frutta che trascorre le giornate al porto da quando la moglie è morta in un ospedale sulla terraferma. Dice che presto guarirà, prenderà il traghetto e tornerà da lui. Quando è ubriaco, è certo che la moglie sia sul fondo del mare e la veglia per non farla sentire sola. Salvatore spera che, in un modo o nell'altro, possano ritrovarsi. Anche lui, se perdesse Giulia, la aspetterebbe e non si darebbe per vinto.

La nave, laggiù in fondo, cresce lentamente, con una ciminiera che sbuffa fumo nero, e la chiglia d'acciaio che divide il mare in due.

Le operazioni di sbarco paiono infinite, la folla che si riversa dal portellone spalancato incontrollabile. Salvatore è immobile, con occhi vigili e braccia incrociate, le gambe tese, pronte allo scatto. Il fiume di gente perde portata, l'equipaggio predispone l'imbarco dei nuovi passeggeri.

Per un attimo pensa di essersi sbagliato, la delusione somiglia a quella di Tobia che si dirige verso il bar. Ed è per questo che è ancora più bello venire travolti da due braccia, da fragranza di pane appena sfornato, dal dolce frusciare di capelli sul viso.

E poche parole che gli fanno restituire l'abbraccio: "Sono io, sono arrivata".

Giulia è diversa, scolpita nel corpo dei suoi sedici anni.

Ogni estate rinasce più definita, con forme e lineamenti che lui è abile a ricreare nei sogni.

"Sei tu," le dice guardandola in viso, ancora insicuro della consistenza dell'attimo.

Lei sa che il suo è un complimento, che quel "tu" conquista l'essenziale, si ricopre di un'idea esclusiva.

Idealizzano, volano senza rendersi conto delle altezze, osservati da adulti malinconici che parteggiano per loro.

I genitori di Giulia lo salutano, salgono sulla macchina stracarica di bagagli e vanno ad aprire le persiane di casa, a cambiare l'aria. Si portano appresso una patina di modernità cittadina, fatta di abiti firmati di lino bianco e orologi dall'aspetto pesante, che per essere accantonata necessita di ambientamento e ritmi lenti.

Giulia gli prende la mano.

"Andiamo a Caladritta."

"Adesso?" le chiede pensando al pranzo, alle valigie che lei dovrà disfare, incapace di liberarsi dall'orma di asfalto in cui è sprofondato con le infradito.

"Sì, subito, ora, immediatamente," dice con i denti bianchi che accecano le sue resistenze e lo fanno ritornare al preciso momento dell'addio precedente, annullando i mesi di attesa, rendendoli giorni inerti, volutamente dimenticati.

Si conoscono, hanno bisogno di qualche secondo per abituarsi alle loro ombre che cominciano a seguirli, mentre parlano e ripetono parola per parola quello che si sono scritti. Niente telefono, né messaggi con il cellulare o e-mail, ma tanta scrittura, le "a" tonde, le lunghe "f" di lei, e le "z" affilate, le "t" storte di lui. Il loro alfabeto, fonte e miniera di qualsiasi legame.

Quando ha provato a chiederle di sentirsi al telefono, lei ha risposto con un foglio bianco e poche frasi tratte da un libro che stava leggendo.

"Noi siamo nelle lettere. Non avremmo nessuna possibilità nel mondo reale, io qui e tu lì. Se ci sentissimo, perderemmo il significato della nostra lontananza."

Ora che la porta sulla canna della bicicletta e i suoi capelli gli solleticano il naso, con le ruote che scricchiolano sul sentiero di ghiaia, Salvatore comprende il valore della sua scelta, che amplifica il "tu" a dismisura e riempie lo spazio dell'altipiano.

Sono due pazzi che, sotto il sole di mezzogiorno, ridono per un gabbiano che lotta contro le correnti, due pazzi che gridano di gioia nello sfiorarsi, nel completare un quadro che pare fatto di luce.

La strada li conduce alla fine del mondo, la terra brulla a un certo punto semplicemente finisce, diventa aria e strapiombo a picco su un mare scuro e profondo. Lasciano la bicicletta e, come ogni coppia dell'isola che viene a sancire o rinnovare un legame, respirano l'orizzonte e guardano lontano. La foschia rende i contorni confusi, non dà loro la sensazione di essere a fuoco, di avere il controllo dei movimenti.

Giulia inciampa in un grosso sasso.

"Ahi!" esclama, chinandosi a massaggiare la punta del piede. "Sono abituata ai marciapiedi diritti, queste pietre mi fanno perdere l'equilibrio." Il suo accento è neutro, si impiglia nelle consonanti.

Il vasto spazio li spoglia dei ripari delle parole scritte e già dette. Qui non ci sono ruoli, né maschere a proteggerli.

"Sei una cittadina, ormai," dice Salvatore, sorpreso dalla sottolineatura di ostilità dell'avverbio.

"Cosa vuoi dire?" Va verso di lui, che arretra avvicinandosi al bordo con passi sicuri, ostentati.

Sale su un masso piatto che si sporge nel vuoto.

Giulia si spaventa.

"Cosa fai?"

"Vieni qui."

"Ho paura."

"Dimostrami che non sei cambiata, che sei una di noi."

"Non ti devo dimostrare niente," ribatte con le mani sui fianchi, l'aria battagliera.

Ma è troppo vicina e si lascia afferrare dalle braccia di Salvatore.

Emette un urlo caldo contro il suo petto. "Soffro di vertigini!"

"Guarda." Le indica il mare che spumeggia cinquanta metri più sotto.

"Non posso."

"Non vuoi ritrovare l'equilibrio?"

Giulia solleva la testa, con le mani serrate alla sua maglietta, lo fissa negli occhi.

Potrebbe essere una sfida, o una dimostrazione di fiducia. Nel suo sguardo la determinazione che conosce, che lo terrorizza, che adora.

Si libera dalla stretta, si stacca da lui, muove prima un piede e poi l'altro. La suola di una scarpa sfiora il limite esterno del masso, reso più sottile dall'erosione degli elementi. Le tremano le ginocchia, un momento prima che il suo sguardo si sposti lungo la scogliera, senza limiti.

Potrebbero non essere mai più così dipendenti uno dall'altra, uniti dal caso, dalle possibilità aperte, dal rischio di perdere tutto.

"Sei coraggiosa," le sussurra, le sue mani sui fianchi di lei, a placare la paura.

Giulia non riesce a distogliere gli occhi, risucchiata in profondità, ipnotizzata dall'ebbrezza del pericolo.

Salvatore vorrebbe sapere cosa pensa, conoscere i contrasti che la animano, avere la capacità di comprenderla.

Poi il ciglio del masso cede sotto il loro peso, e si spezza. Lui rapido scatta all'indietro, agguanta un braccio di Giulia, che con doloroso stupore oppone resistenza. Il terrore viene alimentato da dettagli precisi, il rumore della frana, la gamba di Giulia senza più appoggio e l'altra piegata e instabile, l'assenza di una sua reazione per un tempo infinito.

La tira con forza, ne vince l'opposizione e la trascina per metri che non gli sembrano ancora sufficienti, finché lei non lo strattona e si divincola.

"Lasciami!" grida, con gli occhi chiusi e i pugni che lo colpiscono.

Cadono, ma non come si aspettavano, battendo il sedere, facendosi un male talmente imprevisto da lasciarli senza parole.

Giulia si rialza, si pulisce dalla polvere, l'affanno la fa muovere a scatti. Si incammina per la strada, con le spalle dritte, l'aspetto ferito di una tigre.

Salvatore la chiama, lei non si volta, non si ferma.

Prende la bicicletta e la insegue. La supera, le sbarra il cammino.

"Scusa."

"Lasciami stare. Potevamo morire."

Le differenze si acuiscono nella perdita di controllo. Il suo tono è rigido, contaminato da un accento spigoloso.

"Morire insieme non è una di quelle cose romantiche che ti piacciono tanto?" le dice lui allungandosi in avanti sul manubrio, sfiorandole i capelli con le labbra.

Giulia incrocia le braccia, guarda di lato la sterpaglia bruciata dal sole.

"Cosa vuoi da me?"

"Un sorriso."

Fa una smorfia che dovrebbe somigliare a ciò che le è stato richiesto, che come il ciglio del precipizio si spezza e cede, e si trasforma in sussulti, in un pianto che lo chiama in causa e lo trova impreparato.

Salvatore lascia andare la bicicletta e la circonda con il suo corpo, la stringe e la implora in silenzio di smettere.

Cerca il suo viso, celato dai capelli appiccicati alla pelle, convinto che la colpa dei singhiozzi sia la paura.

"Non ce la faccio. Non ce la faccio più."

Frasi che assaltano la memoria, i giorni cancellati, le parole delle lettere, e colpiscono nel segno in un angolo dimenticato in cui albergano le stesse sensazioni, lo stesso dolore.

"Forse siamo troppo piccoli per tutto questo," dice Giulia, che apre le braccia e pare riferirsi a loro, all'isola, all'universo.

Uno spillo si conficca da qualche parte tra le costole, lo fa sobbalzare, protestare, riemergere, provare ad arrotolare il filo che li lega e che per nulla al mondo si farebbe scappare di mano.

"Non è vero," le dice strattonandola, attirando tutta la sua attenzione. "Guardaci," continua, copiando le sue braccia spalancate per comprendere le stesse cose che ha compreso lei, per restituirgliele con un'altra prospettiva che spera sia migliore.

Non ha altre armi se non quelle di smuovere in lei ciò che il pensiero di perderla ha smosso in lui.

E con perfetta sincronia le intenzioni collidono, i sorrisi tornano, sono di nuovo al porto un secondo dopo essersi ritrovati. Ricominciano da lì, con le prime ferite da rimarginare, da accantonare per andare avanti, di quanti passi nessuno può saperlo.

*

Trascorrono insieme il tempo che sembra non bastare mai. Pranzano a casa di Salvatore, gustano i piatti preparati dalla madre, che Giulia definisce "spettacoli pirotecnici", ricette con pasta fresca e pesce appena pescato dal padre.

Da bambini, qualche anno prima, un sabato mattina erano andati con lei a fare compere al mercato. Giulia era arrivata sull'isola per le vacanze con una zia materna che passava le giornate in casa con l'aria condizionata accesa.

La madre di Salvatore li teneva per mano, mentre con il mento indicava ai venditori quale frutto o verdura volesse acquistare. Giulia aspettava di arrivare alla bancarella di Ernestino, l'arrotino che veniva dalla costa e aveva sempre qualche caramella per lei. Salvatore aveva colto l'occasione per sfuggire al controllo della madre ed era sgattaiolato in edicola a comperare un pacchetto di figurine e un nuovo fumetto con i soldi della paghetta.

Il cielo non prometteva nulla di buono, era caduta qualche goccia di pioggia, l'umidità faceva sudare, e gli anziani guardavano il mare passandosi di bocca in bocca poche parole smozzicate. Lo scirocco stava mutando in maestrale e loro sapevano che stava per capitare qualcosa.

Quando il mare aveva cominciato a ritirarsi, la gente era tornata a casa e il mercato si era svuotato.

"Dove sei stato?" aveva domandato la madre a Salvatore, che teneva nascoste in tasca le figurine e dietro la schiena il fumetto. "Hai speso tutto? Di' la verità." Le piaceva prenderlo in giro, chiamarlo spendaccione e farsi inseguire per gioco attorno al tavolo della cucina.

"Ho preso solo il fumetto," aveva detto Salvatore, senza rendersi conto che il cotone leggero del pantaloncino non lasciava dubbi sul contenuto delle tasche.

Giulia e la madre di Salvatore non erano riuscite a trattenere le risa davanti alla sua espressione corrucciata e gli avevano fatto il verso.

"Andiamo a casa?" aveva domandato lui, cominciando a incamminarsi.

"Aspetta, venite con me." La madre di Salvatore li aveva ripresi per mano e li aveva condotti su per una scala, fino a una terrazza affacciata su Cala Palme, da dove potevano vedere il panorama senza pericolo.

Le barche, perso il sostegno dell'acqua, stavano inclinate sulla sabbia come relitti di un naufragio.

"Sta per arrivare," aveva detto Salvatore con tono da esperto, per sorprendere Giulia che osservava la scena stringendosi nelle spalle per il vento.

"Il marrobbio," aveva aggiunto, con le braccia sulla ringhiera e il naso a fiutare il profumo del temporale.

"Che cos'è?" Giulia lo aveva chiesto alla madre di Salvatore e lui ci era rimasto male.

"È il mare che scompare e riappare all'improvviso. Nessuno conosce il motivo."

I pescatori si muovevano in fretta per portare al riparo le imbarcazioni, tra loro c'era il padre di Salvatore.

Salvatore e Giulia si erano sbracciati per salutarlo, e la moglie gli aveva mandato un bacio nel vento.

Le nuvole si erano fatte nere, le foglie delle palme si piegavano e si rompevano. In pochi minuti il mare era tornato, aveva invaso la spiaggia, raggiunto la strada e accarezzato i muri delle case. Una barca si era capovolta ed era stata sommersa.

Il padre di Salvatore era salito sulla terrazza, aveva scompigliato i capelli dei bambini, e si era appoggiato anche lui alla ringhiera.

I suoi occhi guardavano lontano quando aveva detto: "Mio nonno mi raccontava che le onde sono i sussurri del mare e che il marrobbio è il suo grido".

La moglie teneva gli occhi stretti per difendersi dalla sabbia, mentre Giulia e Salvatore ascoltavano il grido del mare, cercando di capire se fosse gioia oppure dolore.

*

I pomeriggi li trascorrono al mare, sulle spiagge più difficili da raggiungere, nascoste da falesie affilate, dove i turisti non arrivano, tra ripidi sentieri e scogli da superare. Si avventurano con gli amici, non più maschi o femmine, ma coppie abbozzate e tentativi di imitazione. Vengono presi a esempio, li invidiano per la determinazione delle loro mani a non lasciarsi, e li prendono in giro per lo stesso motivo. Arrossiscono e fanno il bagno da soli per dimostrare di essere forti.

Percorrono con le biciclette il perimetro dell'area aeroportuale e si sdraiano faccia in su in direzione della rotta di atterraggio. L'attesa degli enormi uccelli d'acciaio che trasportano centinaia di persone li emoziona. Fanno a gara a chi per primo scorge il puntino in avvicinamento in un imprecisato spicchio di cielo. Lo indicano, mentre si fa grande e riconoscibile. Grazie a un conoscente che lavora alla torre di controllo, si sono procurati l'orario delle partenze e degli arrivi. Leggono i nomi di città di cui non sanno nulla, immaginano ponti e gallerie, i grattacieli dei film. Salutano, sventolano braccia e mani, senza pretendere risposta. Sono convinti che su ogni volo qualcuno li noti e li segnali ad altri passeggeri, e che la loro vacanza cominci proprio con quel saluto. Qualche volta provano a chiudere gli occhi e a farsi travolgere dal rombo del motore che al buio comprime e schiaccia tutto: in un attimo vieni trascinato via.

Una sera provano a stare separati: camminano nelle vie del paese, vanno a bere in locali diversi. Ma si sentono incompleti e si aspettano sotto casa.

"Com'è andata?" chiede Salvatore.

"Siamo state alle bancarelle." Giulia fa spallucce, dondola avanti e indietro.

"Io ho fatto un esperimento." Si regge alla recinzione di legno del giardino, prova a stare in piedi senza riuscirci.

"Sei ubriaco," dice lei, pungolandolo sul fianco con un dito.

"Sono anche arrivato a una conclusione."

"Di cosa?"

"Dell'esperimento. Mi ascolti?"

"Ti stavo guardando." Giulia gli accarezza il viso e lo fa tremare, perché è uno dei gesti di cui sente maggiormente la mancanza quando lei non c'è.

Fa un lungo sospiro.

"Dunque, è semplice: ho provato a bere e bere, come fanno nei film, dove il protagonista manda giù un bicchiere dopo l'altro per dimenticare."

"E ce l'hai fatta?" chiede Giulia, avvicinandosi più di quanto non sia già.

"No, anzi, mi ha aiutato a concentrarmi su un unico pensiero."

"Quale?" mormora Giulia.

"Lo sai."

"Potrebbe essere uguale al mio."

"Allora dimmelo tu."

"No, tu."

"Tu."

Un pronome, un pensiero, e un significato che è bello ripetere e ripetere.

*

Il giorno dopo prendono la strada che porta alla spiaggia dell'Isola dei Conigli, pedalano uno dietro l'altra, tra le macchine parcheggiate, superati dai ragazzi più grandi sugli scooter. Vanno veloci, anche se non c'è fretta, sono giovani e contano i giorni, non gli anni.

Salvatore taglia a destra per la lingua di terra che per un tratto costeggia la scogliera e più avanti si addentra tra i cespugli e i fichi d'india. Le ruote della bicicletta sollevano una striscia di polvere che rimane nell'aria dopo il loro passaggio, gli schiamazzi dei bagnanti sono lontani e poi non ci sono più.

Il caldo diventa opprimente, carico di umidità stagnante, sferzato da brevi e fresche folate provenienti dal mare.

Giulia si lamenta, si ferma e si toglie la canottiera.

"Spero per te che ne valga la pena."

Salvatore la aspetta, sorride misterioso e si asciuga il sudore dalla fronte con il palmo della mano.

Arrivano a uno slargo dove il sentiero termina. Tra i resti carbonizzati di un falò ci sono il telaio di acciaio di una sedia, delle lattine schiacciate, un sacchetto della spazzatura.

"Gentaglia," sibila Salvatore. "Non c'era questo schifo l'altro giorno."

"Con chi sei venuto?" Giulia si libera della bicicletta e toglie la sabbia dalle ballerine.

"Con mia madre. Ha raccolto un po' di lentisco."

"E noi perché ci siamo tornati?"

"Non essere impaziente. Dobbiamo camminare e fare molto silenzio."

Salvatore avanza con sicurezza, indica a Giulia i cardi spinosi, sposta i rami di un cespuglio quando il passaggio si stringe e le sussurra da che parte andare.

Il terreno è arido, lunghe crepe lo dividono in zolle, lo fanno assomigliare alla pelle di un vecchio adagiato in mezzo al mare. La scogliera battuta dal vento non è lontana, provoca un sibilo che tiene loro compagnia.

In prossimità di due grandi pietre circondate da vegetazione rampicante e arbusti intrecciati, Salvatore si ferma, fa segno a Giulia di non parlare e stende l'asciugamano per terra.

Si siedono e aspettano.

Giulia si fida e non fa domande, guarda dove guarda lui, respira senza far rumore, e non si muove anche se a stare a gambe incrociate inizia a formicolarle un polpaccio.

Poi succede qualcosa, un fruscio, un timido cinguettio,

saltelli di ramo in ramo, da terra a cielo. E improvvisa una melodia, un richiamo seguito da risposte e incroci modulati su altezze differenti. Una famiglia di cardellini e i loro discorsi privati, un concerto per Giulia e Salvatore, che ascoltano e vorrebbero potersi alzare, aprire le braccia e volare, rispondendo a nota con nota.

"Dicono che i cardellini siano il simbolo della passione," dice Salvatore.

"Sono bellissimi."

"Una volta l'isola era ricoperta di alberi, poi un pazzo mandato dai Borboni ha deciso di disboscare tutto. Non ne hanno lasciato nemmeno uno, molte specie si sono estinte, ma i cardellini hanno resistito, si sono adattati."

"Grazie per avermi portata qui." Giulia gli dà un bacio sulla guancia.

"Anche noi ci possiamo adattare e resistere." Salvatore la guarda, le sorride.

"Resisteremo al tempo?"

"Sì, siamo come quelle piante. Le nostre radici sono intrecciate."

Il sole cala a occidente, e il tempo che non li separa è troppo veloce per essere fermato.

*

La vita cosa sarebbe senza quella sensazione che ti fa credere di essere felice? Una sensazione che molti non conoscono, che hanno seppellito con milioni di ragioni, e che ignorano con imbarazzo. Chimica, temperatura e sensi. Ingredienti basilari: un ragazzo e una ragazza. Il primo amore, la distanza, l'estate. Una montagna di ricordi rocciosi, la costituzione di un'illusione.

Sono Giulia e Salvatore, all'apice di qualcosa che non possono comprendere e nemmeno afferrare con le mani. Nascosto nel ritmo del respiro, tra i sassi calpestati, nelle zampe di un insetto che ha camminato sulle loro pelli colorate di sole.

Salgono sulla barca del padre di Salvatore, è presto, e si contagiano sbadigli. Il padre molla gli ormeggi e li spinge fuori dal porto. Le onde sono tante culle in cui entrano ed escono, partecipi di una meraviglia che non smettono di percepire.

Vanno dove le scogliere sono più alte, erose dall'acqua e dal vento. Alla Grotta del Vulcano, chiamata così per l'alta volta a forma di cratere, il padre getta l'ancora e si buttano con le maschere e i boccagli. Superano il sottile strato di roccia per entrare nella grotta. La luce del sole filtrata dall'acqua crea piccoli arcobaleni che compaiono e scompaiono nel pulviscolo, cristalli di sale ricoprono le pareti. Dicono che un giorno il materiale calcareo cederà e svelerà la grotta trasformandola in una semplice rientranza della scogliera.

Una spiaggetta accoglie il movimento addolcito delle onde.

Il padre di Salvatore è un uomo di poche parole, abituato alle cose semplici. È convinto di non avere più possibilità di sorprendersi, eppure osserva i due ragazzi e pare voler scattare una fotografia per ritrovare il suo passato inalterato.

"Qui venivo con tua madre," dice posizionando la maschera sulla fronte. "Mi ricordate noi due," aggiunge con la voce bassa che rimbomba nella grotta e li fa arrossire.

I genitori di Salvatore si vogliono bene, si tengono per mano quando escono per una passeggiata. Le rughe, i capelli bianchi, anche la noia che spesso li accompagna, non impediscono a Salvatore di considerare la loro giovinezza complementare alla sua. Un cerchio su cui la traccia ritorna, un solco profondo, una storia duratura da tramandare.

"Questa grotta ora è vostra. È un equilibrio fragile, che tocca a voi preservare. Vi aspetto alla barca." Il padre di Salvatore li guarda e sorride, prima di sparire nell'acqua.

Le frasi restano intrappolate, e loro ne sopportano il

peso, lo accolgono galleggiando a faccia in su, con gli occhi che pizzicano per il sale. L'altezza vertiginosa del cielo blu concentrato nella forma tondeggiante del cratere li rende piccoli e indifesi. Nessuna vita si può ridurre a schema, eppure temono che il tempo possa sfuggire al loro controllo, di risvegliarsi anziani, in questa grotta ancora intatta, senza più altro da dirsi.

Le punte delle dita giocano sulla superficie dell'acqua, si sfiorano, risalgono lungo le braccia, fino alle orecchie e al naso.

Tornano alla barca, dal padre di Salvatore che legge un libro e ha la pelle dura di chi ha sfidato il vento e il sole. Mentre la barca li riporta a terra, Giulia indica il libro e dice di averlo letto. Lui dice che è il suo libro preferito, che è la quarta volta che lo legge, e le chiede se le è piaciuto. Lei annuisce convinta.

All'improvviso Salvatore vorrebbe essere come suo padre, conoscere le cose che ha conosciuto lui, saltare i passaggi intermedi, portare addosso il finale, qualunque esso sia. E togliersi di testa la sensazione che prima o poi tutto questo finirà.

*

Poi, una mattina, Giulia e Salvatore scoprono il mondo che sta dall'altra parte. Il forte risveglio che li esclude dall'adolescenza e li catapulta nella maturità che solo dolore e conoscenza possono portare. Un confine fisico che separa pensieri circolari legati a loro stessi, al percepire di esserci e un momento dopo non esserci più. Non è facile riconoscere la nascita di una crepa, che sottile incide un muro e poco alla volta lo divide.

La spiaggia di Punta Tonnara è isolata, difficile da raggiungere. Il mare è agitato da correnti sotterranee che lottano per prevalere e rendono insidioso fare il bagno. Un sentiero sterrato, circondato da rovi e cardi, scavato nella scogliera, è l'unico varco accessibile da terra. Non è segnalato, nascosto da grandi massi che paiono caduti dal cielo un milione di anni prima. Calcare e natura africana, durezza e fragilità. Un paesaggio lunare, battuto da un vento costante, inospitale, sconosciuto ai turisti. Nel cielo le nuvole grigie a tratti fanno filtrare raggi di sole che illuminano il cartello di legno con marchiato il divieto di balneazione.

Giulia e Salvatore sono soli, affondano i piedi nella sabbia mista a ciottoli. Si rincorrono con il vento in faccia, si fanno il solletico, si lasciano cadere uno sull'altra, senza peso.

Il petto di Giulia si gonfia e si sgonfia veloce contro quello di Salvatore. I suoi capelli frustano i loro visi, si infilano nelle loro bocche. Il tessuto leggero della sua gonna si solleva malizioso contro le gambe di lui.

"Forse..." dice Salvatore con sguardo mutato.

"Cosa?"

"Non lo so."

"Dimmelo," insiste Giulia, che ha capito e vuole la stessa cosa, con la stessa intensità.

Salvatore cerca parole che non esistono, mentre si perde negli occhi languidi di Giulia.

Quando sta per dire qualcosa, una cosa qualsiasi che potrebbe rompere il momento e condurli altrove, lei lo zittisce con un bacio.

Riprendono percorsi intimi tenuti segreti, nell'eco delle onde che si infrangono sul bagnasciuga.

Hanno un'urgenza che li spiazza, stropicciano le magliette, scoprono con i polpastrelli il loro desiderio. Ne hanno scritto, se lo sono chiesti mille volte con una spavalderia rassicurante, inconsapevoli che il momento li avrebbe sorpresi impreparati eppure pronti.

Si spogliano, e con sospiri e mani sulle nuche vivono

emozioni sperate. Nella nudità esposta completano con i pezzi mancanti la geografia dei loro corpi. Un neo celato dal costume, la rotondità dei seni, la ruvidezza dei peli. E la diversità del loro volersi e conquistarsi e cedersi. Pionieri allo sbaraglio, dotati di ogni strumento per procedere con sicurezza, improvvisatori di una musica antica, ma non per questo meno sorprendente. Parte di un progetto senza direzione, che lascia inermi, mentre si cerca una sorta di senso nella vastità infinita.

Nella calma seguente, la consapevolezza li rende affannati. Lacrime sfuggenti riempiono gli occhi di Giulia, che si rannicchia contro Salvatore. Le domanda cosa succede, cosa non vada, incapace di riconoscere la felicità, il cedimento di una diga che non voleva più resistere.

Le prime gocce di pioggia li ridestano dal sogno, sgretolano le pareti d'aria colorata che hanno pitturato con cura. Perdono contatto con il tempo, ma non con i poli che li attraggono. Si rivestono, cercano conferme dello stato delle cose, che, anche se apparentemente uguale, non può che essere cambiato.

Eppure la voragine è già aperta e loro ne sono inghiottiti, la disperazione li ha accerchiati e come un abile predatore si manifesta all'improvviso.

Il vento si alza, il primo temporale preannuncia la fine dell'estate con un sordo rombo proveniente dal mare.

Salvatore vede qualcosa nell'acqua, a riva, qualcosa di nero che rotola avanti e indietro come un sacco. Un sacco dotato di braccia e gambe, che le onde divaricano facendolo somigliare a una marionetta che li saluta. Non è un turista, ma uno di fuori, uno di quelli che viene da lontano e che sull'isola non si sono mai visti.

Un ragazzino dalla pelle scura come il carbone, con vestiti laceri e strappati.

Il tratto di spiaggia che divide Salvatore e Giulia dal bagnasciuga si trasforma in sabbie mobili, dove ogni passo costa fatica e perdita, dove non puoi arrivare senza coraggio.

Si avvicinano terrorizzati, gli occhi fissi in quelli del ragazzino che non esistono più e sono bianchi, girati all'indietro. Giulia emette un grido acuto, trema, e sul volto un'ombra porta via l'infanzia e l'adolescenza.

Salvatore si inginocchia, prende per le spalle il ragazzino che è rigido e freddo, leggero come i fogli di compensato che d'inverno proteggono la barca di suo padre. Lo toglie dalle onde, ne rileva i tratti del viso, la bocca piena d'acqua, e segue un impulso anche se sa che non serve a niente, lo gira su un fianco, con la mano aperta picchia sulla schiena. Sussurra "dai", mentre ogni speranza gli sfugge dalle dita e la mente si svuota precipitando nello stomaco.

Un altro urlo di Giulia lo riscuote, la sua voce è spezzata, con il braccio indica qualcosa che galleggia al largo.

"Ce ne sono altri, Salvatore." Lo strattona, con il panico che le tende al massimo i lineamenti del viso.

Salvatore si alza, e il mare non è più quello che conosce, non è blu o azzurro, ma cosparso di macchie nere, uomini e donne e bambini.

Grida anche lui, nell'assurda speranza che quelli non siano corpi, ma persone ancora in grado di rispondere, di prendere magicamente possesso dei loro polmoni e cominciare a nuotare verso riva. Entra nell'acqua, ma il mare lo respinge, un'onda più forte delle altre gli fa perdere l'equilibrio.

Torna da Giulia che non si dà pace, ormai senza controllo, e la supplica di correre più veloce che può, di andare a chiamare aiuto. Lei reagisce con inattesa prontezza, senza fare domande, con un solo rapido sguardo troppo denso per essere ricevuto e interpretato. E un pensiero comune a riempire la scena, a sconvolgerli e renderli vicini e intoccabili.

Nessuno li aveva preparati alla morte.

Giulia pedala con le gambe che le fanno male e l'aria che le asciuga le lacrime. Abbandona la bicicletta sul vialetto d'ingresso di una casa di vacanza e piomba nella veranda di una famiglia che sta pranzando e sta ridendo. Giulia non sa più parlare, solo gridare.

Grida "aiuto", di chiamare i soccorsi, che ci sono dei morti in mare, che devono smettere di mangiare, di ridere, che non è giusto. Poi si lascia cadere, e crede di dimenticare.

Salvatore percorre avanti e indietro la spiaggia, vorrebbe essere andato con Giulia, non averla lasciata sola. Si sente inutile, colpevole di stare bene, di non sapere e non capire.

Un rumore di crescente intensità lo costringe a guardare in alto. Un elicottero passa e ripassa sulla sua testa, solleva sciami di sabbia.

La spiaggia si anima, viene invasa da gente del paese, da parole e silenzio. Qualcuno raccoglie il ragazzino nero e lo porta via. Altri portano delle corde, creano una catena umana e recuperano i corpi. Donne piangono mentre stendono dei lenzuoli sui cadaveri di altre donne. Le sirene della polizia e dell'ambulanza si fermano sulla strada, non riescono a coprire il rumore del vento, gli ululati dei morti. Dottori e infermieri scuotono la testa, sono solo altri testimoni. Uomini in divisa calpestano la sabbia con le loro scarpe lucide.

Un uomo, un amico del padre, prende per un braccio Salvatore e lo allontana.

Nel cielo grigio, nelle gocce di pioggia, nelle voci e nei modi di fare, nasce e cresce un presentimento. La sensazione di essere solo al principio di qualcosa di più grande, di inarrestabile.

Alla fine i morti sono settantasei, e dove non ci sono superstiti tocca a chi è testimone non dimenticare.

*

Il giorno seguente un motoscafo e un peschereccio alla deriva, stipati all'inverosimile di migranti, sono raggiunti e soccorsi da mezzi della guardia costiera. Il porto si anima di vite stremate, di coperte sulle spalle, di vagiti di neonati e di lingue lontane. La fuga dalla guerra e dalla miseria, il sogno di libertà intravisto alla televisione e passato di bocca in bocca fanno tappa sull'isola.

I turisti preparano i bagagli in anticipo, attendono sulle banchine i traghetti che li riporteranno alle loro case. Negli sguardi tra loro e i migranti, un arcobaleno di sentimenti riempie lo spazio d'acqua che li separa. Disabituati al confronto, si osservano, qualcuno sorride, qualcuno evita lo sguardo, qualcuno si lamenta di aver interrotto le vacanze, che i figli hanno visto i cadaveri avvolti nelle lenzuola e si sono spaventati. Solidarietà e diffidenza convivono, alimentate dai quotidiani nazionali che mettono in prima pagina la tragedia e parlano di invasione, di responsabilità, di crollo del turismo, di stato di emergenza.

Le divise bianche della compagnia di navigazione, il borbottio rassicurante dei motori al minimo, ma pronti a sfoderare potenza, i biglietti nelle mani fanno parte di un sistema collaudato di acquisto e sicurezza. I turisti se ne vanno e dal ponte guardano ancora i migranti stesi al sole, prendono il coraggio di fotografarli, di dare valore a quella partenza, per mostrare agli amici, dopo cena, sul televisore, la sofferenza e ciò di cui sono stati spettatori privilegiati.

Giulia, Salvatore e gli altri ragazzi dell'isola aiutano a scaricare le casse di acqua minerale e generi alimentari dai traghetti. I volontari, con guanti e mascherine protettive, si occupano della distribuzione e dell'assistenza. Bagni chimici vengono allineati all'ingresso del porto. Decine di famiglie si offrono di dare ospitalità, ma un'ordinanza impone il controllo e l'isolamento dei migranti fino a nuovo ordine.

Carabinieri ed esercito presidiano strade e spiagge, elicotteri sorvolano il mare, motovedette pattugliano l'orizzonte. Nell'area aeroportuale viene organizzato un centro di accoglienza con tende e prefabbricati di plastica.

Gli isolani si muovono incerti nel luogo in cui sono nati, non afferrano ancora la portata del cambiamento, si aspettano una tregua, sperano che prima o poi l'esodo finisca, che l'isola torni un puntino in una mappa e smetta di somigliare al centro del mondo.

*

La fine di agosto porta nuvole, una giornata di pioggia. I genitori di Giulia decidono di partire una settimana prima del previsto, hanno le facce tirate, discutono al telefono con l'agenzia di viaggi di posti da assegnare, di precedenza e prenotazioni difficili da confermare.

Giulia e Salvatore assistono impotenti, con le mani che cercano e non trovano più ciò che è andato perduto a Punta Tonnara. Gli occhi limpidi di Salvatore, gli occhi incantati di Giulia, e gli occhi scomparsi del ragazzino sul bagnasciuga. Si tengono impegnati, il tempo insieme è scandito dal rumore dei passi veloci, delle brevi riunioni mattutine organizzate dai volontari per riassumere le necessità e gli ordini di servizio.

Una sera, a cena a casa di Giulia, il padre dà forma al destino.

"Domani partiamo. Abbiamo trovato tre posti sul traghetto di mezzogiorno." Si pulisce la bocca con il tovagliolo, evita lo sguardo di Giulia, incrocia quello di Salvatore.

"Io resto," annuncia Giulia.

"Per favore, Giulia, è già abbastanza complicato," interviene la madre insofferente.

"Che cosa è complicato per voi? Passate le giornate al telefono, da quando sono iniziati gli sbarchi volete solo tornare a Milano. Fare finta di niente non mi pare complicato."

"Quest'isola non è sicura. La situazione è fuori controllo," dice il padre, con calma esasperante, come se avesse enunciato un dato di fatto incontrovertibile.

"Non vedo come puoi dirlo, visto che non scendi al porto e stai chiuso qui."

"Leggo i giornali."

"Hai la realtà a un palmo di naso e preferisci la finzione. Sei ridicolo." Giulia stringe i pugni, non si era mai opposta così al padre.

"Ridicolo o non ridicolo, dobbiamo tornare alle nostre vite. Salvatore, dille che anche tu, se potessi, te ne andresti." Il padre accende un toscano, aspira il fumo e lo soffia verso l'alto.

Salvatore lascia cadere una briciola sulla tovaglia, estraneo alla discussione, eppure coinvolto.

"Io non me ne andrei mai. Soprattutto ora che c'è bisogno."

"Cambierai idea. Questo mondo piccolo e chiuso è stato anche il mio quando ero bambino, poi per fortuna ho scoperto la verità. Qui il massimo che puoi fare è il pescatore come tuo padre."

"Come ti permetti!" esclama Giulia, alzandosi di scatto dalla sedia.

Sulla veranda lunghe ombre si posano sui volti induriti dei genitori.

Le labbra di Giulia tremano in attesa di una frase che concluda la discussione. Una frase che non arriva, che la porta a entrare nel soggiorno e a salire le scale.

"Vedi, Salvatore," riprende il padre allargando le braccia. "Non volevo offenderti, prendilo come un consiglio.

Giulia è una ragazza impulsiva, ma ha le idee chiare. È intelligente, andrà all'università, diventerà qualcuno, percorrerà una strada lontana da quest'isola."

Dal piano di sopra la voce di Giulia li raggiunge: "Le mie radici sono qui".

"Mi piace quando fa così. Quando fa la ribelle, mi ricorda te," dice il padre dando un buffetto sulla guancia alla moglie, che ricambia con un sorriso e controlla il display del cellulare.

Salvatore sente le gambe formicolare, si morde la lingua e stringe i braccioli della sedia.

"E tu? Cosa pensi di fare?" gli domanda il padre di Giulia, a suo agio, padrone della situazione.

"Devo terminare il liceo. Non lo so ancora."

"Avrai qualche passione, qualche interesse. Per esempio, io ho sempre amato le costruzioni e sono diventato architetto. Devi essere deciso, non inconcludente come i ragazzotti di qui che ciondolano tutto il giorno."

Si versa un bicchiere di vino, lo beve senza gusto, in una lunga sorsata.

"Non mi piacciono le costruzioni," replica Salvatore, spostando le posate nel piatto.

Dalla veranda, nell'oscurità infinita, brillano le luci dei pescherecci. Le indica.

"Mi piacciono l'acqua, la profondità del mare, la libertà e la franchezza di mio padre."

Il rumore dei passi di Giulia sulle scale gli dà il segnale per alzarsi. Salvatore raccoglie la mano tesa porta da Giulia, che torna da lui pronta a coronare quella notte di un significato che solo loro possono conoscere.

L'ultima frase, lanciata ai genitori come una granata dalle scale del vialetto di ingresso, esplode e colpisce anche Salvatore che la sta seguendo.

"Della mia vita farò ciò che voglio."

Salvatore si chiede subito se in quella vita sia compreso anche lui, se ci possa essere una speranza. Per quanto lo riguarda potrebbe essere pescatore o architetto, non gli interessa, assorto dalla vita di Giulia, disponibile a essere spettatore, sostenitore del suo braccio, delle sue insicurezze.

"Andiamo via," gli dice ferma davanti alla sua bicicletta, nascosta dal buio.

Prendono la strada per Caladritta, in una notte senza luna, ma con le stesse stelle che hanno assistito alla promessa di incrociare i loro destini. Se il futuro appare minaccioso, possono combatterlo rinnovando le loro intenzioni.

"Come stai?" le chiede.

"Mi dispiace per mio padre."

"Non ti preoccupare."

"Crede di avere le risposte a tutto. Oggi lo hanno chiamato da Milano per dirgli che ha vinto non so quale ennesimo premio, e ogni volta sembra che ci sia una pompa che lo trasformi in un pallone gonfiato."

Giulia gonfia le guance e gli dà un bacio.

Arrivano a Punta Caladritta. L'eco del mare che si infrange con forza sulla scogliera, le coste di Italia e Africa che ci sono anche se non si vedono.

Davanti all'orizzonte e al nulla si muovono impacciati, alla ricerca di solide conferme e contorni da imprimere nella memoria. Bocche e mani sono sonde in attenta esplorazione, terminali nervosi che comunicano unione, elementi fusi nel vento che soffia e li conduce altrove.

Ma le radici che li legano e li fanno crescere hanno scoperto la durezza, la differenza, l'orrore. E nulla, ora, può essere spensierato e privo di un peso che grava in profondità. Un abbraccio è un fragile appiglio, e ciò che sperano sia amore appare un nascondiglio esposto, facilmente attaccabile. Sono insieme, e si scoprono soli.

Salvatore è disteso sopra Giulia, sente la compressione dei loro respiri, lo sforzo maggiore che implica la condivisione di un segreto.

Sanno di avere scarse possibilità di modificare scelte prese da altri, di avere gambe e braccia legate.

"Domani te ne vai," dice Salvatore, senza smettere di accarezzarle il volto, cancellando l'illusione della rabbia di Giulia.

"Io voglio restare qui, essere d'aiuto. Non voglio che accada di nuovo." Solleva la testa, gli parla naso contro naso.

"Rimanere o andarsene: cambia poco. Siamo prigionieri tanto quanto chi ci tende il braccio per essere aiutato."

"Non mi piace sentirti parlare così."

"E a me non piace che tu te ne vada. Hai una soluzione?"

"Sì, restare. Al diavolo mio padre e mia madre. Resto qui." Giulia annuisce, carica di un'energia che le fa scostare Salvatore di lato e la fa alzare per sentire il vento sul viso, gustando la sensazione che dà l'istinto di ribellione.

Salvatore si mette a gambe incrociate, la osserva, ne ammira il carattere, e lascia che il groppo in gola scenda nel petto e si adagi in attesa di implodere.

La notte è veloce, come sono veloci gli attimi di felicità, dove sognare è uguale a essere.

L'alba li coglie infreddoliti, mostra loro la realtà della pietra che li sostiene, dura e impossibile da rompere a mani nude. Nel tragitto verso casa di Giulia faticano a mantenere l'equilibrio sulla bicicletta, le occhiaie parlano per loro, schiene e pance non sono pronte a separarsi.

Eppure davanti al vialetto di ingresso la sicurezza vacilla, e i baci appaiono colmi di risposte silenziose.

Mentre Giulia apre la porta, Salvatore è già consapevole della distanza. Non deve aspettare che qualche secondo per ascoltare le urla fare a pezzi la resistenza conquistata nella notte. Giulia minaccia, sbatte ante degli armadi, piange, alla fine supplica, ma i suoi sedici anni soccombono di fronte all'autorità e al tempo che, oggi o domani, l'avrebbe comunque riportata a Milano.

Il rientro di Salvatore, la preoccupazione di sua madre

per non essere stata avvisata, il bicchiere di latte freddo spinto a forza nello stomaco sono dettagli destinati a venire assorbiti dalla troppa vita di Punta Caladritta.

*

In un abbraccio restano impigliate particelle piccolissime che lanciano segnali di presenza anche dopo giorni dal distacco.

Non si sono detti addio, nemmeno arrivederci, avvolti dalle loro braccia come mimi su un palco, con una serietà e una convinzione fatte di granito. Hanno deciso di lottare, e la lotta dà senso alla mancanza e alla nostalgia.

Sono sicuri della fortuna che possiedono, ne parlano a scuola con i compagni, con i professori, lo raccontano ai libri che attendono aperti sulle coperte. Si scrivono di essere nell'aria che respirano, che il tempo è relativo, massa informe che possono modellare, rallentare e accelerare.

Salvatore è a Milano e Giulia sulla loro isola. Non possono dimenticare, hanno lasciato che le promesse acquisissero sostanza, e stretto un patto legato al destino.

E tornano indietro all'ultimo giorno.

Sono a casa di Giulia, sul pendio che domina il mare di Cala Creta. Salvatore la osserva piegare biancheria e infilarla nella valigia. I granelli di sabbia che cadono per terra rimarranno immobili fino alla prossima estate. Gli asciugamani impilati in un angolo profumano di sole e di sale. Gli oggetti non hanno valore se non sono collegati a un ricordo, e loro, in due mesi, hanno una collezione indelebile di immagini nitide, di granite al gelso e al limone, di parole sussurrate.

"Quanti mesi mancano?" chiede Giulia, mentre mette nello zaino la maglietta che indossava al suo arrivo, stropicciata di significato.

“Dieci.”

“Detto così sembrano pochi.”

“Se pensi che c’è gente che non si vede per anni, dieci mesi non sono niente.”

“Forse potrei convincere mia mamma a partire prima, essere qui a fine giugno, magari metà.”

“Oppure potrei venire io. Ho messo da parte un po’ di soldi, che ne dici di Natale?”

“Sarebbe magnifico. E qualcosa di più.”

E anche se sanno che la madre non potrà venire prima, e che i soldi non basteranno, ce la mettono tutta per crederci.

Quando la macchina è carica e le persiane chiuse, le chiavi consegnate a un cugino del padre di Giulia, nel petto e nello stomaco qualcosa si comprime, diventa una pressione costante.

Vanno al molo, il traghetto sta già imbarcando e l’ultimo abbraccio è rapido e pesante. I passi che li separano e i metri che si allargano sono una macchia di vuoto.

Quando il portellone si solleva ed è ovvio che non ci sia più nulla da fare, Salvatore torna alla sua bicicletta. Sua madre lo raggiunge, vede la faccia stravolta, gli chiede se vuole un panino, se può fare qualcosa. C’è sollievo nel suo volergli bene, una carezza e un riparo sicuro.

Salvatore comincia a pedalare, e più pedala più la furia cresce e la velocità aumenta, e la strada rimpicciolisce. Sull’altipiano la terra bagnata da un giorno di pioggia è scura. Avanza sullo sterrato evitando pietre e buche. Si sente piccolo, perso in un vortice di pensieri. Finché la ruota della bicicletta si impunta in un fosso e il manubrio diventa trampolino e leva per un volo storto e infelice. Cade senza produrre alcun suono, strisciando e graffiandosi. Dà un calcio alla bicicletta, si fa male al piede, grida di dolore.

Corre verso il faro, si ferma sul ciglio digradante che si affaccia sul vuoto. E guarda la nave con la sua colonna di fumo, odia la forza che la fa proseguire e porre fra lui e Giulia dieci mesi che all'improvviso gli appaiono per quello che sono. Una distesa insormontabile di giorni.

*

Solo una volta, pochi anni prima, Giulia era rimasta fino al ventidue settembre, per i festeggiamenti della Madonna di Porto Salvo. Le giornate erano ancora bollenti, la temperatura superava i quaranta gradi e si sudava stando fermi. Lo scirocco aveva intrappolato l'isola. Da mezzogiorno alle cinque del pomeriggio le strade erano deserte.

Salvatore, controllato da sua madre, stava ore seduto al tavolo della cucina per portarsi in pari con i compiti che avrebbe dovuto svolgere durante le vacanze. Lottava con i numeri, ingarbugliati in somme e moltiplicazioni. Sbuffava sul testo di scienze, osservava gli orribili disegni di anatomia e si tastava l'addome, convinto che lui quegli organi scuri, dalla consistenza molliccia, non li aveva. Imparava a memoria *Il sabato del villaggio*, immaginando Giulia, la donzelletta, venire dalla campagna, e lui, il falegname, unico poveretto rinchiuso a lavorare anziché essere al mare.

Sua madre gli passava un ghiacciolo di frutta fresca e gli diceva di smetterla di sognare a occhi aperti, che se Giulia era in spiaggia era perché lei i compiti li aveva finiti.

Il giorno della festa sembrava che gli isolani si fossero messi d'accordo per esserci tutti. Le signore anziane vestite in ghingheri, i giovani fidanzati mano nella mano, i bambini costretti a camminare in fila dietro la processione. Non importava essere credenti o meno, la festa era una tradizione, un punto di ritrovo, un modo di stare insieme, con le decorazioni appese ai muri e le luci come a Natale.

Gli uomini trasportavano la statua della Madonna sulle spalle, le loro urla rendevano umana quella rappresentazione di speranza e di protezione con braccia vigorose pronte a difendere l'isola. Il prete, il sindaco con le autorità e la banda municipale chiudevano il corteo, che passava per le vie del paese e scendeva al porto salutato dalle sirene delle barche, prima di ritornare sul sagrato della chiesa.

La sera Salvatore aveva raggiunto Giulia nella via principale, avevano camminato avanti e indietro tra le bancarelle e gli ultimi turisti della stagione.

Il giorno seguente lei sarebbe ripartita e Salvatore le aveva comperato un regalo. Una tartaruga di legno, fatta a mano da uno scultore che veniva sull'isola solo per la festa. Non era tanto grande, ma era bella, con il carapace scolpito con precisione, linee flessuose per ricordare l'acqua e i suoi movimenti.

All'ora stabilita erano andati con i loro genitori su una terrazza per vedere i fuochi d'artificio. Quando lo spettacolo era cominciato, gli adulti avevano continuato a parlare distratti.

Giulia e Salvatore, invece, seduti sulle loro sdraio, con gli occhi all'insù e la bocca spalancata, mormoravano "ohhh" di meraviglia a ogni esplosione di luce.

Salvatore aveva calcolato i tempi, sapeva che i fuochi sarebbero durati quasi tre quarti d'ora e al momento clou, tra cascate di fuoco e lampi multicolore, aveva messo la sua mano su quella di Giulia e le aveva dato la tartaruga.

Sapeva che lei lo avrebbe guardato, e che lui non avrebbe distolto gli occhi dal cielo.

"Mi piace tantissimo. Le tartarughe sono il mio animale preferito." Giulia lo aveva detto dopo l'ultimo dei botti che segnalano la fine dello spettacolo. "La terrò sul comodino, così ogni volta che la guarderò mi ricorderò dell'isola e di te."

"L'importante è che non dimentichi una cosa."

"Dimmela." Giulia si era alzata, i genitori la stavano chiamando per andare a dormire.

"Di tornare sempre."

*

L'autunno sull'isola a volte non arriva, l'estate perdura e a scuola nelle aule fa troppo caldo per studiare e seguire le lezioni. I compagni diminuiscono, alcuni non terminano neanche il primo trimestre del liceo, entrano in classe una mattina, senza zaino sulle spalle, e raccontano del lavoro trovato dai genitori in continente. Hanno l'aria di chi appartiene già a un altro luogo, l'espressione di chi sa di essersi salvato.

Salvatore non ha mai pedalato così tanto. Ogni giorno esce con la bicicletta e va all'Isola dei Conigli, a Capo Ponente e poi a Punta Tonnara. Tiene stretta in un pugno una manciata di sabbia, osserva il mare agitato, che pare aver perso anch'esso la tranquillità. Giulia è presenza costante, motivo di sveglia al mattino e di occhi spalancati la notte. È la busta rosa che il postino lascia nella buca delle lettere, e immagini di camere da letto sconosciute, di vie di città e amici eleganti.

La madre gli prepara la pastasciutta e si siede accanto a lui a mangiare. Tra i capelli neri, fili d'argento le circondano le tempie, il principio di una trasformazione in sorte a chi possiede radici così forti da divenire pietra.

Le serate scorrono monotone, con la prima legna nel camino, le partite a carte, i film alla televisione. I genitori sono preoccupati, qualche volta discutono, il padre si rifugia al bar, dorme sul divano. Poi le cose si sistemano, e i sorrisi tornano.

Natale arriva, superato dall'anno nuovo, senza che la fantasia della trasferta milanese di Salvatore diventi una possibilità. I soldi sono un problema, e Giulia non gli chiede di andare, non ne accenna in nessuna delle righe che Salvatore ha imparato a memoria.

La scuola prende il sopravvento, gli esami di maturità si avvicinano, le materie di studio sono tante, insegnate senza passione. I professori sono stanchi, come è stanca l'isola, e i ristoratori e gli albergatori senza clienti e i migranti affranti.

Salvatore legge pagine di miti ed eroi, di ingiustizie e rivalse. Scopre segreti che nessuno gli aveva raccontato, numeri che si trasformano in incastri perfetti, la biologia e i meccanismi che, mentre rendono le cose più chiare, ne infittiscono il mistero.

Agli esami il suo è il tema migliore, ispirato dal ragazzino sul bagnasciuga, sunto di coincidenze e momenti legati tra loro. Il professore di italiano si congratula con lui, e si spinge a consigliargli di proseguire gli studi, di essere uno dei pochi a meritare l'iscrizione a Lettere.

Salvatore, con la promozione a pieni voti in tasca, il tema infilato in una busta e spedito a Giulia, con il vento di Punta Caladritta a scompigliargli i capelli, scorge all'orizzonte un'imbarcazione alla deriva e tante braccia in alto a chiedere aiuto. Sale sul masso più alto, mentre nel mare una motovedetta si avvicina per dare soccorso, e si sbraccia, e urla più forte che può: "Benvenuti, siete arrivati. Siete arrivati".

*

La compagnia di navigazione riduce le corse e mantiene l'orario invernale anche in alta stagione. L'aeroporto è semideserto, collegamenti esistenti da anni sono cancellati. Le presenze vengono stimate in calo del quaranta per cento, ma si dice sia una cifra arrotondata per difetto.

Le case di vacanza restano con le imposte chiuse, i noleggi di motorini abbassano i prezzi, i cartelli di offerte eccezionali sono esposti su vetrine impolverate.

La lentezza, virtù del luogo, si trasforma in sconfitta, in spalle curve e sguardi torvi.

I vecchi, seduti sulle sedie impagliate ai bordi della piazza, dicono che sembra di essere tornati a trent'anni prima. Tagliano in due i pomodori, spargono un pizzico di sale, versano un goccio d'olio, e ne mangiano la polpa rossa. E parlottano, confabulano, senza i rumori dello struscio serale, il loro brontolio risuona tra le pareti dei soggiorni, occupa gli spazi di insofferente decadenza.

Chi ha dei parenti si trasferisce e tenta una strada da sempre rifiutata con orgoglio. Qualcuno torna e dice che neppure al Nord c'è lavoro.

Un velo di noia ricopre l'isola. Ci si abitua a tutto e gli abitanti hanno smesso di affacciarsi dalle finestre o di radunarsi al porto per lo sbarco dei migranti.

Salvatore procede con il tumulto della speranza, in attesa di Giulia, di conoscere il giorno, il traghetto esatto, il momento preciso da cui poter ripartire.

La lettera dalla busta rosa tarda di una settimana, ma poi arriva e, con la stessa intensità che gli ha donato forza e ispirazione, irrompe brutale.

Giulia scrive, riga dopo riga, che non verrà, che non ci saranno la gioia e nemmeno la sofferenza acuta del distacco. Non ci saranno le giornate dense, le nuotate, il contatto prima timido e poi sempre più temerario.

C'è qualcosa di nuovo nelle mani di Salvatore, che stringono i fogli della lettera, ma hanno perso sensibilità. I polpastrelli si sono spenti, non c'è elettricità in quelle parole, solo serrature chiuse e serrande che si abbassano con fragore.

Cosa importa se la colpa è del padre, che rinnega l'isola, e prenota voli e soggiorni altrove? Ciò che conta è la realtà tangibile, la terra che manca sotto i piedi nonostante resti dura e impassibile. E Salvatore assorbe delusione e rancore sdraiato per giorni nel letto. Prova a telefonarle a casa, elemosina immagini a una cornetta muta e a una voce assente.

Cosa importa se Giulia gli ha chiesto di non chiamarla, di non rendere le cose più difficili, di mantenere un riserbo frutto di una forza che non possiede e non vuole possedere.

Chissà dov'è, e chissà con chi è, con le sue citazioni tratte da libri che non fanno altro che rendere sottili come carta i loro sentimenti.

Le avrebbe raccontato della possibilità di iscriversi alla facoltà di Lettere, dei complimenti del professore, condividendo una decisione in grado di mutare le prospettive. Avrebbe trovato il coraggio di dirlo ai genitori, di organizzare il suo trasferimento a Milano, senza pensare troppo ai soldi, inventando una vita che avrebbe potuto essere bella da vivere.

Invece, una sera, arriva una telefonata. La voce di Giulia è vicina, sembra che gli stia parlando dalla stanza accanto, che solo un muro li divida.

"Ciao Salvatore."

"Giulia!" Non un'esclamazione, ma l'esplosione di una sorpresa.

Giulia che rompe una regola può significare che sta per arrivare, che è già in viaggio, o l'esatto contrario, una definitiva presa di posizione, un taglio netto.

"Come stai?" gli domanda con una lentezza che a Salvatore fa accelerare il battito cardiaco.

"Così e così, non è facile fare il confronto con le estati passate. E tu?"

"Parto domani. Andiamo in Islanda," precisa, consapevole di poter dare adito a un fraintendimento.

"Farà freddo," dice Salvatore, che percepisce l'aria gelida cominciare a soffiare tra loro.

"Non possiamo più."

Giulia si libera della pietra che le ostruisce la gola e la tira in testa a Salvatore.

"Non possiamo cosa?" le domanda, conoscendo in anticipo ogni parola che lei dirà, quanto meno il significato ultimo, che è poi l'unica cosa che conta.

"Continuare, rimanere legati senza mai vederci, vivendo vite inconciliabili."

Salvatore la ascolta, perde il filo. Lo ha morso una vipera, il veleno sta facendo effetto.

"Non capisco," mormora, dando a Giulia la forza di trascinarli a fondo.

"Dobbiamo essere liberi."

"Ti senti libera senza di me?" Salvatore alza la voce, vuole lo schiaffo che lo svegli.

"No, ma voglio, devo, provare a esserlo. Mio padre vende la casa sull'isola. Non vuole più tornarci. Non abbiamo nessuna speranza."

"Immagino tu le abbia già valutate tutte."

"Pensi che sia facile?"

"Penso che sia comodo. Bruciare tutto e sperare che non resti solo cenere."

"Ho paura."

"Tutto qui? Non fai una delle tue citazioni? Lo ha scritto tuo padre questo discorsetto?" Salvatore si aggrappa a un flebile sarcasmo per non cadere.

"Sei arrabbiato."

"Sì, sono furioso per aver buttato del tempo."

"Non lo pensi veramente."

"E invece lo penso, perché io sono ancora qui ad aspettarti." Salvatore lotta con il telefono, vorrebbe masticarlo, farlo a pezzi.

Giulia sente il gusto dolceamaro della fine, trattiene i singhiozzi, le spiegazioni sono inutili condimenti retorici di chi sceglie e vuole giustificarsi.

*

Le giornate di Salvatore diventano buie rappresentazioni di bagni al mare, di nuotate e continue corse, per cadere sfinito nel letto e perdere i sensi.

Settembre si presenta con velocità, senza dare il tempo per riorganizzare idee abbozzate e riflettere su occasioni e bivi che, una volta sorpassati, non si ripresentano più.

I genitori lo osservano, non gli fanno pressione, non vogliono intromettersi. Hanno le loro speranze, qualche anno prima sarebbero stati felici se il figlio avesse deciso di rimanere sull'isola, pronto a immettere nuova linfa in una lunga storia. Ora si augurano che vada a studiare sulla terraferma che, anche se i soldi sono un problema, lui prenda l'unica saggia decisione in un contesto divenuto impossibile.

Ma Salvatore ama il mare e non se ne vuole più andare. Vuole che le sue radici attecchiscano, più forti delle intemperie. Vuole essere come un albero secolare che incurante frantuma l'asfalto dei marciapiedi e trova le ragioni nella terra.

Riceve i moduli di iscrizione alle università più vicine, li compila anche se sa che non ci andrà. Legge i programmi, i nomi dei corsi, affascinato dalla varietà, da ciò che non imparerà, e dalla sua caparbietà.

Una mattina di ottobre precede il padre in cucina, scalda il latte, imburra le fette di pane, e si siede ad aspettarlo.

"Buongiorno. Sei mattiniero."

"Ho preparato la colazione."

"Ottima idea. Vai da qualche parte?"

"Sì."

"Bene. Hai deciso cosa farai da grande?"

Il padre mastica con gusto il pane fresco, si appoggia ai mobiletti della cucina. Sorride soddisfatto.

"Resto," dice Salvatore, dando valore di movimento a un'azione dal significato apparentemente opposto.

"Non ho capito," risponde il padre, che inghiotte il boccone e aggrotta la fronte.

"Non vado all'università. Voglio fare il pescatore con te."

"Se è per Giulia..."

"Non è per lei."

“Salvatore, lo so che è difficile, che adesso ti sembra tutto nero e che…”

“Non è per Giulia. È una mia scelta.”

“Dovresti pensarci meglio. Non è una vita facile.”

“Conosco la sensazione di libertà che trasmette lo stare in mare. Non posso rinunciarci.”

“E la letteratura? La abbandoni così?”

“Tu come lo sai?”

“Io e la mamma parliamo, se non te ne sei dimenticato. E lei conosce i tuoi professori. Lo sanno tutti che scrivi bene, credevi fosse un segreto?”

“No.” Salvatore arrossisce. “Posso continuare a coltivare i miei interessi anche qui. Per leggere e scrivere non ho bisogno dell’università.”

“Va bene, ma ti sei guardato in giro? Sull’isola ci sono più militari che abitanti, i turisti sono mosche bianche, ormai vendiamo solo in continente, e la concorrenza è feroce. Potremmo avere guai seri se la situazione non cambia.”

“Correrò il rischio. Troveremo il modo. E poi stai invecchiando, hai bisogno di una mano.”

Salvatore allunga il braccio verso suo padre, gli tende la mano pronta a siglare un accordo sulla parola che vale più di un contratto da un notaio. Lo fa con l’espressione di un uomo sicuro di sé, che con la schiena dritta lotta e sceglie.

Il padre lo osserva, ricambia lo sguardo, commosso da un figlio che scopre cresciuto e animato da una forza che ammira.

Riempie i polmoni prima di appoggiare la tazza, fare il giro del tavolo e afferrare quella mano, quel braccio, per trasformarlo in un abbraccio, in un caloroso augurio di buona fortuna.

“Comunque non sto invecchiando,” gli sussurra all’orecchio, prima che comincino a ridere e a darsi pacche sulla schiena, proprio nel momento in cui la madre di Salvatore entra in cucina e capisce che la decisione è stata presa, e che solo il futuro potrà dire se è quella giusta.

*

Salvatore specchia il suo riflesso nel mare, superficie e abisso, l'infinito finito. Immagina i futuri che si è lasciato alle spalle, i futuri tralasciati da ogni essere umano e che non si possono dimenticare.

Si impegna a fondo nel lavoro, osserva suo padre e ne copia movimenti che, come calchi, fanno parte della sua infanzia. I pesci guizzano tra le mani, si contorcono nelle cassette, boccheggiano fino all'ultimo.

In ogni agonia, negli occhi vitrei, Salvatore rivede gli occhi del ragazzino e la sua morte. Si fa forza credendo che l'abitudine lo renderà meno sensibile, si mette le cuffie nelle orecchie, si immerge nella musica per restare e contemporaneamente scappare altrove.

Suo padre ha sempre pescato di giorno, una scelta meno fruttuosa, ma con tempi e modi rilassati. La maggioranza dei pescatori ha comperato pescherecci più grandi, ha assunto uno o due ragazzi del posto, ha aumentato le ore di pesca notturna, lo stress, i guadagni e le spese. Suo padre dice che il lavoro deve aiutare a vivere, non essere la vita stessa. Dice che di soldi ne bastano pochi, che rincorrerli è stupido quanto ammonticchiarli in banca, e cita a memoria interi brani de *La vita agra* di Luciano Bianciardi, ripetendo con gusto le parole "tafanare" ed "ectoplasmi".

Dalla sua vita traspare una soddisfazione e una saggezza che Salvatore vuole conservare e portare con sé qualsiasi cosa dovesse accadere.

Quando tirano su le reti da posta, impilano le cassette, recuperano le bandiere gialle di segnalazione e accendono il motore per rientrare in porto, tra loro cala un silenzio, sospinto dalla brezza, che li unisce e delinea sicurezze raggiunte e insicurezze nascoste nel buio. Non ci sono risposte, solo domande da porre per consolarsi e rassicurarsi di non essere soli.

Un pomeriggio, a Punta Tonnara, in una rada riparata dalle correnti, luogo ideale per una buona pesca, un uomo in acqua si sbraccia e attira la loro attenzione. Raccolgono le reti più in fretta che possono e lo raggiungono. L'uomo è un ragazzo, la pelle nera e lucida, nello sguardo la paura e la spossatezza di un'odissea. Il padre di Salvatore lo solleva e lo trascina sulla barca. Il ragazzo si accascia, scivola su un fianco, prima di ritrovare le forze, in ginocchio, per allungare le braccia davanti a lui e indicare un punto preciso tra le onde. Dice delle parole in un inglese stentato, si aggrappa a una manica della giacca di Salvatore.

Il padre spinge il motore al massimo, prende una coperta e la mette addosso al ragazzo che ha cominciato a tremare. Oltre un'insenatura compare un barcone alla deriva, colmo di migranti, di urla che si alzano disperate. Più si avvicinano, più i volti si delineano, e diventa chiaro che un'onda potrebbe capovolgere l'imbarcazione. Le correnti di Punta Tonnara lottano e spumeggiano sulla superficie, dettano i tempi di un rischio che non si può calcolare.

A pochi metri di distanza, il padre invia un SOS alla capitaneria di porto e dice a Salvatore di gettare una fune. Un uomo magro e agile, con pantaloni al polpaccio, si mette in equilibrio sulle sponde, la prende al volo e la lega a prua. Quando la fune si tende, entrambe le barche sembrano sul punto di affondare. I sette metri dello scafo del padre di Salvatore si inclinano, la puzza di nafta bruciata del motore stagna nelle narici. Ma i nodi reggono e le due imbarcazioni iniziano a dirigersi lentamente verso la costa, l'una al traino dell'altra.

La spiaggia di Punta Tonnara è a un centinaio di metri, i respiri a bordo prendono il ritmo corto delle onde più vicine a riva. Finché il bagnasciuga non è più una speranza, ma un solido approdo.

Salvatore aiuta le donne a scendere, riceve fagotti con neonati piangenti che tiene al petto e li porta alle madri che li reclamano. Ci sono uomini stremati che cadono sulla sabbia e che sorridono mentre con un braccio indicano prima il cielo e poi la terra. Qualcuno domanda se quella è l'Italia, qualcuno chiede dell'acqua da bere, altri piangono.

Salvatore e suo padre si sentono piccoli, intrusi imprevisti che hanno fatto il poco possibile. Il primo ragazzo che hanno recuperato li raggiunge, li ringrazia e li mostra agli altri suoi compagni. Chi può si alza, trova le energie residue per sfilare davanti a loro e consegnare un grazie sempre diverso, come i visi e i gesti, i colori della pelle, i suoni delle voci, i sorrisi sinceri.

I soccorsi organizzati arrivano. Camionette, elicotteri, motoscafi. Decine di divise invadono la spiaggia. Comandi e professionalità. I migranti vengono portati via, Salvatore e suo padre non li rivedranno più. Passeranno da un luogo a un altro, da un centro di accoglienza a una libertà svuotata di essenza perché priva di vere opportunità. Si disperderanno, avranno fortuna o torneranno indietro. E forse si ricorderanno dei due pescatori sulla spiaggia di Punta Tonnara, della gentilezza e del pudore del loro sguardo.

*

Ci sono binari che costeggiano praterie, territori vastissimi, linee rette, leggere discese e leggere salite. Ci sono esistenze che le attraversano senza mutare espressione, impercettibili scie che non lasciano segni e svaniscono in pochi battiti di ciglia. E c'è chi scava buche e prende curve a velocità doppia, chi con cipiglio smette di assecondare il percorso tracciato, tira il freno di emergenza, regala il biglietto pagato a chi lo segue, e improvvisa un passo di danza in un deserto ancora tutto da pitturare.

Salvatore potrebbe rimanere impigliato nelle stesse reti in cui rimangono impigliati i pesci, continuare a boccheggiare di rimpianti, ammutolito di fronte allo scorrere di un tempo tiranno.

C'è qualcosa che lo ha salvato prima e che potrebbe salvarlo adesso, che lo rendeva diverso al porto, quando le navi attraccavano e le ragazze belle scendevano senza degnarlo di uno sguardo.

La busta rosa stretta in tasca, e un'altra busta rosa che arriva inaspettata un giorno di dicembre.

Le rotondità degli indirizzi, mittente e destinatario, i loro nomi ricalcati e impressi nella carta. Giulia, fuori e dentro, che, anche se sull'isola non torna, dall'isola non se ne è mai andata.

La madre di Salvatore gli consegna la lettera senza proferire parola, con il grembiule macchiato di sugo e l'odore di cibo che sta per mettere in tavola per la cena. Il padre affetta un pezzo di formaggio e osserva il figlio salire le scale.

Salvatore si sdraia sul letto, deve scuotere la testa e poi mettersi seduto per fermare i brividi e rallentare tutto ciò che ha accelerato nel suo corpo. Ma non funziona, di slancio prende il tagliacarte dallo scrittoio e apre la busta.

Il foglio che contiene è sottile e riporta solo due parole, una accanto all'altra. Un pronome e la coniugazione di un verbo in prima persona singolare.

Non c'è altro, non c'è firma, non ci sono frasi, spiegazioni, richieste. Solo un messaggio inequivocabile, diretto come un pugno che stordisce e, invece di far stramazzare a terra, rende felici.

Salvatore si alza, compie i due passi che gli servono per percorrere la stanza in lunghezza avanti e indietro. Percepisce l'oppressione delle quattro pareti che lo circondano, pensa alle storie di carcerati che hanno scavato solchi con i talloni nei pavimenti delle loro celle.

Si ferma, trattiene il respiro, chiude gli occhi e quando li riapre ha deciso. Si avvicina allo specchio e scopre la determinazione nei suoi lineamenti, nella voglia di urlare. Scende le scale di corsa, si ferma all'ingresso e guarda suo padre che ha le braccia incrociate e ha interrotto una frase a metà, e sua madre che mescola il sugo sul fuoco e si gira, capisce e sorride.

Poi è sul sentiero, sulla bicicletta, sull'altipiano, a Punta Caladritta. Il vento è freddo, penetra nelle ossa, e ulula tra le rocce. Il cielo è terso, la luna illumina il mare, non sembra esserci altro che immensità, eppure Salvatore sa che presto sarà là, sulla terra che non si vede, per macinare distanza e continuare a pitturare il deserto.

*

Prepararsi a partire, riempire valigie di aspettative, dei pochi maglioni pesanti e di quel piumino comperato in offerta. Guanti, sciarpa e cappello, utilizzati da suo padre la volta che era andato a sciare sulle Alpi.

La luce tremolante della lampadina appesa al tetto spiovente della sua camera acuisce l'instabilità della scena, l'imminente rottura di equilibri costruiti su terreni friabili.

Salvatore passa la notte sveglio, la valigia è pronta in un angolo accanto alla porta, gli album di foto sparpagliati sul letto. Scrive un programma approssimativo, con i collegamenti, le coincidenze dei treni, i nomi degli ostelli nel centro di Milano. Annota fermate e costi dei biglietti, studia la mappa della metropolitana. Riconta la pila di banconote, ne mette una parte nel portafoglio, un'altra nella tasca interna dello zainetto, un'altra in valigia. Non sa quanto starà via.

L'aroma del caffè che sale dal piano di sotto lo trova pronto, con le scarpe allacciate e i capelli ben spettinati come piacciono a Giulia e anche a sua madre.

Scende in cucina, suo padre è già uscito e gli ha lasciato un biglietto. Un foglio di bloc-notes con i quadretti azzurri e le parole scritte in corsivo.

"Buona fortuna. La strada è solo tua. Tuo padre."

La madre spreme le arance, indossa la solita vestaglia logora, e si volta bruscamente. Salvatore va da lei, le appoggia una mano sulla spalla, ha notato gli occhi rossi di un pianto recente. Lei versa la spremuta nel bicchiere, lo guarda e gli fa un sorriso che è il sorriso di sua madre, che da sempre porta il sereno, la certezza che tutto andrà bene.

Si siedono a tavola, sua madre lo osserva mangiare, si tiene la testa tra le mani. Il sole che entra dalla finestra ne esalta il biancore del viso, Salvatore se ne accorge.

"Sei pallida," le dice smettendo di masticare.

"Sono solo stanca. Un po' di mal di testa."

"Vuoi che resti?" le chiede con decisione, disposto a modificare l'orizzonte come lo ha modificato tante volte lei per lui.

"No, voglio che tu vada, che tu sia felice. Cosa pensi di fare?"

"Raggiungerla e vedere cosa succede. Magari domani sono già qui."

"Devi correre allora, fare andata e ritorno in due giorni potrebbe essere un record."

"Scommetto che ti piacerebbe."

"Sono un po' preoccupata. Promettimi che starai attento, che qualunque cosa accada non dimenticherai che noi ci siamo."

"Dai, mamma, ci vedremo presto."

Salvatore finisce in un sorso il caffè, si alza e la raggiunge dall'altra parte del tavolo.

"Ti voglio bene," gli dice sua madre, mentre aspetta il suo bacio.

Salvatore sembra un uomo quando apre la porta di casa, con la valigia in una mano e i sogni nell'altra.

"Chiamaci appena arrivi."

"Non ti preoccupare. Dai un abbraccio a papà."

Il traghetto lo aspetta sul molo, gli inservienti della compagnia di navigazione convalidano il suo biglietto e lo fanno salire a bordo. Il cielo è limpido, il mare piatto, l'aria frizzante. Un buon giorno per partire.

Ricorda le traversate con i suoi genitori, le gite sulla terraferma, le casse con il divano nuovo finite in acqua per la distrazione di un operaio, le ore di coda per fare i moduli della denuncia, le risate, il gelato mangiato in attesa dell'alba e di un altro traghetto. Ricorda il fine settimana con gli amici, la serata in discoteca, la musica orribile, le ragazze disponibili, la sbornia e lo stare male nel sacco a pelo steso sul pavimento. Ricorda di essere cresciuto, ma non ricorda di averlo fatto così in fretta.

La nave esce dal porto, sputa il suo fumo nero, sospinge la sua mole avanti tutta. Questa volta Salvatore non maledice i motori, non spera che si rompano, non è più ancorato sull'isola a guardare. Ora è in viaggio, e nel riflesso del finestrino riconosce la sua espressione e il perimetro frastagliato dell'isola che si allontana. C'è un accordo segreto tra lui e quella terra, inciso nella pelle, un accordo che nessuna distanza può intaccare, frutto dell'appartenenza a un luogo che non si può abbandonare, che rimane negli occhi, come una vecchia foto che accompagna e rassicura.

L'inverno non li conosce

Il treno è vecchio, gli scompartimenti puzzano di muffa, i sedili sono macchiati e hanno le molle scariche. Il paesaggio è contorno, linee ondulate, geometrie bizzarre, gente affannata in bicicletta. I paesi hanno stazioni che si somigliano, scritte bianche su sfondo blu, e persone sulle banchine, incroci improbabili di vite e appuntamenti.

Salvatore stenta a restare seduto, non riesce a leggere il libro che tiene aperto sulle gambe, ebbro di un entusiasmo che lo fa sorridere ai passeggeri e al controllore. Un'acutezza sensoriale che raccoglie dettagli e li immagazzina in strati di memoria.

Le periferie delle città, Napoli e Roma, Firenze e Bologna, i palazzi del centro, i dialetti e le cadenze, le diversità e le similitudini. Nuovi passeggeri e nuovi sguardi. Una ragazza incinta che si accarezza la pancia, l'uomo che l'accompagna che gioca con la fede all'anulare della mano destra. Gli studenti assonnati con le cartelle sulle spalle, la spavalderia a difesa dei propri complessi. Un mendicante che tende una mano vuota, l'odore di vino rancido.

E Salvatore che attraversa l'Italia, che ne scopre la lunghezza, il fascino e il pericolo. Una distesa inimmaginabile di elementi fisici e tratti fisiognomici.

Quasi trenta ore in movimento continuo, trasportato da un'inerzia facile da assecondare. Il freddo crescente fuori dal finestrino, i campi ghiacciati, la nebbia opprimente della pianura tutta uguale. E l'arrivo a destinazione, con le gambe doloranti, l'improvvisa consistenza del viaggio che prende corpo nell'enorme stazione di marmo, ferro e vetro. L'accenno di sconforto quando non trova nessuno ad aspettare, per la solitudine che nulla quanto una città sa esprimere.

Salvatore cammina sui marciapiedi che fiancheggiano le strade trafficate di Milano. I gas di scarico gli bruciano in gola, le persone sfilano rapide e indaffarate, teste basse e display luminosi di cellulari colorati. Si ferma davanti alle vetrine addobbate a festa per il Natale imminente, intontito dalla luce e dai richiami, dalla continua attenzione dispersa.

La cosa che più lo meraviglia è la costanza del colore grigio e l'assenza di orizzonte. La terra sembra essere stata cancellata, ricoperta da metri di asfalto compatto e indistruttibile. I monumenti appaiono dietro gli angoli delle vie, mastodontiche costruzioni e affascinanti forme che fanno risaltare la bruttezza dei palazzi normali, uno in fila all'altro, con le portinerie vuote e migliaia di cognomi sui citofoni.

In piazza del Duomo lo spazio si allarga, la fatica di scansare corpi, di misurare i tempi di reazione, viene sostituita dalla presenza, o meglio dalla non presenza, del cielo e delle stelle. Una volta omogenea di più toni d'arancione, filtrati da un pulviscolo che inumidisce i capelli e sfoca la vista.

Trova l'ostello in una delle vie che si diramano da via Torino. È esausto e felice. Concentrato sulle aspettative, su un obiettivo che deve mantenere un'aura irrazionale per evitare di fargli valutare probabilità contrarie.

Sceglie una stanza singola con bagno in comune sul piano. Chiude la porta, apre la valigia sul pavimento, poggia lo zaino sul tavolino, unico mobile, oltre al letto, che arreda il locale. Indossa il pigiama, si infila sotto le coperte, e appena tocca il cuscino si addormenta.

*

La scuola di Giulia è in un palazzo dell'Ottocento con i muri cosparsi di graffiti e slogan politici. Un centinaio di motorini sono parcheggiati sul marciapiede, le biciclette sono legate ai pali. La giornata è gelida e il sole di mezzogiorno sembra una lampadina scarica.

Salvatore mangia un cornetto nel bar di fronte, controlla l'orologio in continuazione. Il barista gli dice che dovrebbe mancare poco al termine delle lezioni, lo guarda con curiosità, gli fa una battuta in un dialetto che non può capire.

Quando il portone di legno viene spalancato, il viaggio, il rischio e la determinazione collidono nelle gambe di Salvatore. Attraversa la strada, si mischia agli studenti che invadono lo spiazzo. Ha pensato di comperarle dei fiori, e poi che sarebbe stato a disagio e avrebbe attirato un'attenzione non richiesta. Vuole la cosa più semplice, incrociare i loro sguardi e rinnovare ciò che c'è sempre stato.

La cerca, in punta di piedi, controllando l'ingresso, senza perdersi nessun viso.

L'inverno non li conosce, non li ha visti insieme, non può immaginare che l'estate possa resistere tanto a lungo.

Eppure Giulia è lì, scende gli scalini ridendo con delle amiche, indossa un berretto turchese e un cappotto di lana grigio. Salvatore raggiunge il cancello d'ingresso, la aspetta, come l'ha aspettata sul molo per anni. Non sa cosa succederà, ma sa che sta facendo la cosa giusta, che la noia e la sofferenza possono avere un senso solo senza rimpianti.

Poi Giulia lo vede e si paralizza, perde contatto con le amiche che proseguono nella consueta quotidianità, senza accorgersi dell'incantesimo avvenuto alle loro spalle. Solo il sole sembra riprendersi il suo ruolo e scaldare di più.

Salvatore vorrebbe conoscere l'esatta distanza che li separa e confrontarla con quella che li ha tenuti separati finché lui non ha modificato spazio e tempo. Vorrebbe misurare l'intensità delle parole che stanno per dirsi, rileggere quelle scritte da lei nell'ultima lettera e mostrargliele nella realtà. Imbottigliare sotto vuoto il momento, salvaguardarne la resistenza.

Giulia smette di sorridere, diventa seria, prima di fare il primo passo verso di lui.

Il caos che li circonda scompare. Sono i polpastrelli che si sfiorano a ricordare a entrambi la ragione per cui è così che deve andare, che la vita è racchiusa in attimi che si rivivranno fino alla fine e che senza quegli attimi nulla vale.

I polpastrelli sono dita che si intrecciano e non si lasciano, e fianchi che si toccano, respiri che si sentono, fruscii tra i capelli.

Salvatore e Giulia si allontanano, in una direzione qualsiasi, in un silenzio che dà protezione. Hanno bisogno di riscoprire i lineamenti dei loro visi, fare il calcolo delle differenze, riprendere confidenza.

Il lieve trucco di Giulia, che contorna occhi e labbra, la rende più adulta. La carnagione chiara, senza il rossore dell'abbronzatura, la fa apparire più delicata.

Si siedono sul muretto in mattoni che recinta un piccolo parco pubblico.

"Sei qui," mormora Giulia.

"Sono qui," dice Salvatore.

"Per me?" gli chiede.

"Per te," le risponde.

"È qualcosa di... di incredibile."

"Anche io stento a crederci."

"Ma tu lo sapevi già."

"Io non sapevo niente."

"Sapevi che ci saremmo visti."

"Sapevo di viaggiare, di dover cambiare le cose."

"Hai reso vero un romanzo."

"Sei tu che mi hai scritto."

"E tu mi hai capita."
"Erano solo due parole."
"Però mancava qualcosa."
"Sì, mancava questo."
Salvatore le dà una carezza, poi piega la testa, raggiunge le labbra di Giulia e pone fine al suo viaggio.

*

E all'improvviso essere pervasi da un'urgenza inarrestabile, dalla somma delle mancanze, da sguardi brucianti che chiedono di essere alimentati.

L'ostello non è lontano, e Giulia e Salvatore coprono la distanza raccogliendo frammenti di come sarà e di come saranno. Girano angoli, attraversano strade con il semaforo rosso, impegnati in una gara in cui non possono che arrivare primi.

Salvatore entra e controlla che non ci sia nessuno alla reception, poi dà il via libera a Giulia, e salgono le scale rapidi. La chiave nella serratura gira e li toglie dall'affanno.

Lo squallore della stanza è talmente insignificante da non venire notato. La vista si abitua alla penombra, si concentra su particolari ravvicinati, ritrova segni e impressioni.

Giulia si spoglia, in piedi davanti a lui, ogni capo che finisce sulla sedia rivela nuove fantasie e un corpo mutato, fatto di curve e di donna. I seni, la pancia, le cosce, e ancora la bocca, permettono a Salvatore di incontrare la passione e di poterla vivere ed esprimere.

Nel letto cigolante la loro unione è perfezione, simbolo di chi sceglie e cambia le cose. E non importa quanto sia duraturo l'effetto, quanto le cose effettivamente cambino, perché il risultato è permanente, la memoria è la propria storia, una volta conquistata nessuno la può portare via.

Salvatore si aggrappa ai capelli di Giulia, ne respira il profumo di buono, ne coglie le tonalità biondo scuro che d'estate vengono schiarite dal sole. Come un fotografo che scatta in continuazione, trova il fuoco negli occhi e nel sorriso.

"Ci pensi mai?" gli chiede Giulia, raggomitolata al suo fianco.

"Sempre," risponde Salvatore, senza esitazione, sapendo con certezza a cosa si riferisce.

"Io lo vedo dappertutto. A scuola mentre seguo una lezione, a casa mentre guardo la televisione o ascolto una canzone, a tavola con i miei. Ma non mi fa paura, mi tiene compagnia, mi permette di non dimenticare."

"Sull'isola è impossibile dimenticare. Ogni giorno c'è uno sbarco e nuove persone che arrivano e scompaiono."

"Qui non ne parla nessuno. Se non ci sono morti non interessa, preferiscono fare finta di niente."

Salvatore osserva la lampadina che pende dal soffitto, i filamenti all'interno della boccia di vetro, e la paragona al suo piccolo mondo, alla necessità di difenderlo dall'esterno e renderlo inespugnabile, e comprende che non c'è fuga che renda liberi, che la realtà è composta di fatti concatenati che non possono essere fermati.

Stringe Giulia, lo fa con forza, per sentire il male ed enfatizzare il bene.

"Mi dispiace," dice lei, respirandogli sul collo.

"Anche a me," risponde Salvatore, che intuisce senza bisogno di domande il suo cambio di prospettiva, e il ritorno dell'intimo involucro che li contiene.

"Non vedevo più un futuro per noi."

"Ora lo vedi?" le chiede trattenendo il respiro.

"Vedo il presente. Mi sento leggera, è una bella sensazione." Punta il gomito sul materasso, si gira su un fianco, sposta un ciuffo dalla fronte. "Ho voglia di correre per le strade di Milano, di farti vedere i cortili e le panchine da cui ti ho scritto. E di fare l'amore in camera mia," aggiunge con un rossore che maschera dandogli un bacio.

"Sarà contento tuo padre."

"Salvatore!"

"Non vedo l'ora."

"Scemo."

"Concentrati," le dice diventando serio.

"Su cosa?"

"Sul futuro. Su questo," dice allargando le braccia per includere la stanza dell'ostello, Milano e il mondo, "che sarà il nostro futuro."

*

Milano è una girandola di luci, di vetrine addobbate a festa, di uomini e donne sofisticate. Giacche e cravatte, tailleur e minigonne, trucchi pesanti, gel tonificanti. Un vortice che seduce e stordisce, un accerchiamento.

Salvatore, la notte, rimane sveglio a lungo. Gli occhi aperti sul soffitto illuminato dalla luce dei lampioni che filtra dalle tapparelle malandate. Si domanda quanto è in grado di assorbire, quanto una persona sia riproducibile nella mente, quanto voce e corpo e gesti siano immaginabili e rivivibili.

Rincorre Giulia per le vie, guarda il suo braccio, le sue dita puntate a indicare una statua. Una statua che nella sua fissità non può che fare da sfondo alla vitalità di una ragazza bella e sorridente. Mangiano dei panzerotti, non smettono di parlare, di ridere del pomodoro sulle guance, di un ragazzo che è inciampato e si è rovesciato le bibite addosso.

Il cielo bianco come il cofano di una macchina nuova non si sposta di un centimetro. Lo sfidano mentre si baciano su una panchina che ghiaccia il sedere, o in fila per l'ingresso a una mostra a Palazzo Reale.

Finché qualcosa lassù muta, e milioni di fiocchi di neve ricoprono angoli e marciapiedi. "Sono buoni." Salvatore ne raccoglie un paio sulla lingua, incantato dal manto creato in poco tempo.

"È pericoloso, non farlo." Giulia gli mette una mano davanti alla bocca.

"Scherzi?"

"È piena di schifezze, sostanze chimiche e chissà cos'altro."

"Chi te lo ha detto?"

"Lo sanno tutti. Non siamo sull'isola," si difende Giulia, che si passa il burro cacao sulle labbra e fa sentire Salvatore un montanaro che vede per la prima volta il mare e non riesce a spiegarsi un cartello con il divieto di balneazione.

"Sull'isola non nevica da quarant'anni."

"E tu come lo sai?"

"Me lo hanno raccontato i miei genitori, solo pochi fortunati sono riusciti a vedere le spiagge imbiancate. E comunque lo sanno tutti."

Giulia accenna una fuga che non vuole essere altro che una richiesta di essere presa.

"Magari ti ho salvato la vita."

"Su questo non c'è dubbio," le sussurra mentre raggiungono un cinema e decidono di entrare a film iniziato.

Nel buio della sala si levano sciarpe e cappotti, restano abbracciati fino alla fine della proiezione. Perdono i contorni che li circondano, acuiscono la percezione dei sensi, non sentono se vengono chiamati, se un odore estraneo li investe, se una dura superficie li separa.

Più tardi, fuori dal portone della casa di Giulia, riscaldano le labbra con i respiri, si salutano, tornano indietro, ricominciano un discorso, lo lasciano in sospeso, si danno decine di appuntamenti per l'indomani. Cambiano orari, pongono dubbi per restare ancora insieme.

Poi iniziano le vacanze di Natale e i giorni diventano il prolungamento dei giorni d'estate. Salvatore dice che la metropolitana è il traghetto che tutte le mattine li fa incontrare, che la neve è il mare, e la stanza dell'ostello la spiaggia dove contare i nei sulla pelle e far camminare le formiche sulla schiena.

"Ho detto a mio padre che sei qui."

Giulia glielo sussurra prima di infilarsi mutandine e jeans e uscire nel corridoio per andare a fare la pipì nel bagno comune.

Si sono ripetuti che non sarebbe stato un problema, ma hanno evitato l'argomento temendo che la fragile alchimia potesse venire alterata.

Salvatore aspetta il suo ritorno, la osserva spogliarsi con naturalezza, tornare sotto le coperte a dare e ricevere tepore.

"Sei invitato per il pranzo di Natale," gli dice, mentre con un dito fa il girotondo attorno al suo capezzolo e lo fa rabbrividire.

"È una buona notizia?" le domanda afferrandola per i fianchi.

"Penso di sì."

"Cosa potrebbe succedere?"

Le sue mani sono forti, lei si lamenta, ma non smette di guardarlo.

"Potrebbe dirti che, se vuoi stare con me, devi sposarmi."

"Allora devo venire per forza."

Salvatore osserva gli occhi di Giulia schivi e luminosi, sembrano essere un sì a una proposta silenziosa.

Fuori continua a nevicare, il traffico rallenta fino a fermarsi. Dalle finestre il biancore invade la stanza. Giulia e Salvatore fanno l'amore, smettono di contare i secondi, anche se ogni secondo è diverso, così come sono diversi loro.

*

L'albero di Natale in casa di Giulia arriva al soffitto. Un vero pino incastrato in un vaso, con i rami appesantiti da palle decorate e animaletti di peluche. Il presepe non è da meno, un plastico preciso, con colline e torrenti, stalle e personaggi.

Il parquet scuro dà calore alle stanze arredate con mobili di legno massiccio. La mano autoritaria del padre di Giulia esalta il gusto classico e le geometrie razionali. Riviste con la sua faccia in copertina sono impilate sul tavolino di fronte al divano a L. Laurea e onorificenze sono incorniciate accanto alla libreria, l'ospite nell'agio di accomodarsi deve sapere dove si trova e con chi ha a che fare.

Tra i genitori di Giulia c'è una tensione composta di sguardi obliqui e frecciatine acide. Frasi lasciate in sospeso che producono sbuffi e alzate di spalle.

Salvatore conta dodici posti apparecchiati a tavola, tre bicchieri di diversa misura per ognuno, e svariate posate. Centrotavola fioriti e due candelabri d'argento.

Un bambino gioca sul tappeto con delle biglie, si diverte a lanciarle addosso al gatto che si è nascosto sotto l'albero. Lo zio di Giulia, padre del bambino, sfoglia un quotidiano e borbotta commenti sulle feste comandate. Una ragazzina con le cuffie nelle orecchie arriva dal corridoio e risponde a un rimprovero della madre con un gestaccio. Non smette di fissare le fotografie di una rivista per teenager, si siede su una poltrona e non si muove più.

Salvatore sente l'ansia crescere, il sudore del disagio bagnargli la schiena. Giulia sta finendo di prepararsi e lo ha lasciato solo. Ha provato a rendersi utile portando due bottiglie d'acqua dalla cucina alla sala da pranzo, ma è stato redarguito e respinto in soggiorno.

Nella tasca del pantalone, il suo cellulare vibra. Ha dimenticato di spegnerlo, lo tiene acceso il minimo indispensabile, detesta l'idea di poter essere raggiunto ovunque.

Risponde sottovoce, mentre scosta la tenda di una porta finestra che si affaccia su un ampio terrazzo con altre piante in vaso.

"Salvo." A sua mamma piace chiamarlo così quando ne sente la mancanza. "Buon Natale."

"Ciao mamma."

"Come sei composto. Cos'è questo mortorio, dove sei?"

"A casa di Giulia."

"Il pranzo di Natale in famiglia. È una cosa importante."

"Mmm."

"Scusa, ho capito, non puoi parlare. Me la puoi salutare?"

"Va bene."

"E saluta anche i suoi genitori."

"D'accordo, ti salutano anche loro. Tu come stai?"

"Vado avanti, le solite cose." Sua mamma sospira e Salvatore sa che qualcosa non va.

"Papà è lì?"

"No, è fuori a fare una passeggiata. Sono venuti Ignazio e Sandra, si fermano per qualche giorno."

"Perché non sei andata con loro?"

"Sono stanca, non ne avevo voglia."

"Avete litigato?"

"Salvatore! Andare via ti rende apprensivo?"

"Scusa, è che mi pare strano."

"Tu piuttosto, senza farti capire, dimmi come sta andando. Sei contento?"

"Sì, mamma. Molto."

"Non sai quanto mi faccia piacere. Spero tu possa ottenere ciò che vuoi. Realizzare i tuoi sogni."

"Grazie, mamma. Mi mancate."

"Quando torni?"

"Non lo so. Non ho fatto programmi."

“Anche tu ci manchi.”
“Ora vado. La mamma di Giulia ha chiamato a tavola.”
“Buon appetito.”
“Ci sentiamo presto.”
“Salvatore?”
“Sì, mamma?”
“Ti voglio bene.”
Una mano delicata gli accarezza la schiena. Il suo profumo lo fa voltare.
“Ti saluta mia mamma,” dice a Giulia, radiosa, con un morbido maglione rosso a evidenziare il colore delle labbra piene.
“Mi sarebbe piaciuto parlarle.”
La famiglia prende posto a tavola. Il padre di Giulia spiega con fare da gourmet il contenuto di ogni vassoio. Legge le etichette sulle bottiglie di vino, lo versa con gesti teatrali, prende possesso della scena tra un boccone e l’altro.
La conversazione langue, procede in rituali prevedibili, con le stesse domande e le stesse risposte di ogni anno, fino a quando il bambino che tirava le biglie al gatto sputa il grasso del prosciutto nel piatto e dice “che schifo”.
Le risate generali accompagnano una sorta di liberazione dal misero copione. Il bambino ne approfitta e a ogni sua lamentela equivale una concessione, una fetta di salame in più, nessuna verdura da mangiare. Lo zio e la zia di Giulia ne decantano la bravura a scuola, parlano di lui e delle sue doti come se non fosse presente o fosse un alieno incapace di comprendere il linguaggio e il suo significato.
Salvatore mastica annoiato del polpo cotto al vapore, e pensa alla sua famiglia. A suo padre e a sua madre, che hanno perso i genitori da giovani e non hanno sorelle né fratelli. Si chiede quanto il sangue possa unire caratteri completamente diversi, opinioni discordi, se stare bene implichi condividere idee e principi. Si chiede quanto Giulia assomigli a suo pa-

dre, se ci sono aspetti di lei che non conosce che la legano alle persone sedute a tavola. Sfumature o forzature.

Intanto la zia di Giulia parla dei compagni stranieri del bambino. Elenca difetti di pronuncia, episodi di aggressività, puzzo dei vestiti, mancanza di educazione, come parte di un elenco assodato. Calca le sillabe con disprezzo, alla fine di una frase stringe i denti, mentre il bambino la guarda e impara le differenze tra lui e gli altri, a coltivare un germoglio d'odio che lo accompagnerà per tutta la vita.

La nonna materna di Giulia, a capotavola, con i capelli grigi cotonati e un rosario di perle al collo, apre la bocca e si rivolge a Salvatore.

"Lei che viene dall'isola, cosa ci racconta di queste orde di barbari? Non si possono fermare in nessun modo?"

L'attenzione si concentra improvvisa su di lui. Stare in disparte era l'unico modo per sopportare chiacchiere e rigidità. Deglutisce, sa bene cosa non dovrebbe dire e cosa dovrebbe dire. Eppure, per la prima volta, può parlare del ragazzino trovato sul bagnasciuga, dei suoi occhi bianchi, dei volti stremati e della disperazione. Di ciò che ha visto e di ciò che sa, consapevole che anche ora, il giorno di Natale, ci sono uomini alla deriva con le unghie infilate nel legno marcio di un barcone.

"Nonna!" esclama Giulia, l'espressione indignata.

"Mamma, lo sai che è sensibile all'argomento. Li ha visti morire." La madre di Giulia interviene senza calore.

"Dovrebbero costringervi ad andare là, incatenarvi sulla spiaggia a osservare gli sbarchi." Giulia infilza l'insalata con la forchetta, ma la lascia nel piatto scuotendo la testa.

"Se restassero a casa loro, non ci sarebbero problemi," dice la zia, mentre concede un altro bicchiere di bibita gassata al figlio per bloccare un principio di pianto isterico.

"Hanno devastato la nostra isola, abbiamo dovuto mettere in vendita la casa. E sai cosa dicono all'agenzia immobiliare? Che dovremo venderla a metà del prezzo. Una vergogna." Il padre di Giulia vuota una bottiglia di vino.

"Lo Stato dovrebbe risarcirvi, dovrebbe mandare l'esercito a difendere i nostri confini." Lo zio dà manforte per rendere chiaro, se già non lo fosse, che il pensiero è unanime, che l'Italia è sotto attacco.

"L'isola è di chi rimane e di chi arriva. Non di chi se ne va." Salvatore parla, spicca con il suo accento enfatizzato dalla lontananza.

Il padre di Giulia si agita sulla sedia, ha messo su chili e tira in dentro la pancia.

"Stai dicendo che l'isola è più di un negro che mia?"

Salvatore prima annuisce, poi dice: "Sì".

Dal tavolo si alzano proteste e risa incredule.

"E tu cosa ci fai qui?" insiste il padrone di casa.

"Papà, ti prego." Giulia guarda il padre e la madre.

"Sono venuto a trovare Giulia." Salvatore accetta la sfida, tiene le spalle dritte.

"Allora non sei un immigrato, un ruba lavoro."

"Lei è un immigrato, nel caso se ne fosse dimenticato."

"Io ho studiato e lavorato. Tutto quello che ho, me lo sono guadagnato con il sudore."

"Calmati, lui vive là, non può avere il nostro stesso punto di vista." La moglie gli appoggia una mano sul braccio. Tra loro un'occhiata accondiscendente, che vale più di un insulto, che misura una dignità materiale quanto insulsa.

"Salvatore," la zia di Giulia lo indica con il coltello che stringe in mano, "dovresti andare in un pronto soccorso, salire su un autobus, passare per una piazza dove si radunano. Noi non siamo razzisti, sono loro che non si vogliono integrare. Sono maleducati e prepotenti."

"Lasciano le bottiglie a ogni angolo, si ubriacano e dormono per terra," dice la mamma di Giulia.

"Non siamo noi il problema, sono loro," interviene la nonna mettendo tutti d'accordo.

"Che lavoro fai, ragazzo?" Lo zio di Giulia prova un tono da assistente sociale, sorride con i denti scoperti.

"Il pescatore, con mio padre."

"E quanti paesi del mondo hai visitato?"

Salvatore abbassa lo sguardo, nel suo piatto due tortellini galleggiano nel brodo. Muove il cucchiaio, li manda a fondo.

"Nessuno," risponde consapevole che il discorso è esaurito, senza trovare la forza di dire ciò che vorrebbe, che male e bene non hanno distinzioni così nette, che non esistono un noi e un loro, ma solo persone.

Un colpo di tosse a schiarire la voce e un commento sulla bontà del ripieno di carne e formaggio riavviano la conversazione da un argomento qualsiasi.

Il pranzo si trascina stancamente per un'ora, Salvatore si limita ad assentire, a voltarsi per seguire la battuta di uno dei commensali, a stringere con il pugno il tovagliolo sotto il tavolo.

Dopo il panettone di pasticceria, la frutta secca e il caffè, il padre di Giulia e lo zio si mettono in poltrona, mentre le donne sfogliano il catalogo premi di una raccolta punti del supermercato.

"Scusatemi, devo andare."

Salvatore è in piedi, tra il tavolo e il divano, alza un braccio, imita un saluto e si dirige all'ingresso.

"È stato così terribile?" gli domanda Giulia, indecisa se andare con lui o restare. Un'indecisione fatale, uno spartiacque.

"Non so cosa fare," dice, tornando una bambina impaurita dal giudizio dei genitori.

"Ti chiamo più tardi." Salvatore le dà un bacio sulla guancia, si allaccia la giacca.

Dalla sala da pranzo bisbigli e rumore di stoviglie impilate.

"Dove vai?" gli chiede il bambino, che arriva saltellando con in mano un pezzo di pane.

"A casa."

"Sull'isola?"

Salvatore guarda Giulia, immagina l'ostello così estraneo alla bellezza dell'isola, e annuisce.

"Se te ne vai e poi torni, l'isola è ancora tua?" Il bambino tiene un piede sopra l'altro.

Salvatore annuisce di nuovo, con la mano sulla maniglia della porta blindata.

"Se venissi a trovarti, sarebbe un po' anche mia?"

"Certo, l'isola è di chiunque la rispetti, senza differenze."

*

Più tardi Giulia sgattaiola fuori di casa e va all'ostello, ma Salvatore non è rientrato. Prova a telefonargli, e il cellulare è spento. Vorrebbe parlargli subito, ristabilire un contatto, non lasciare che parole di altri si intromettano tra loro.

Lo cerca nelle vie del centro dove hanno passeggiato fino al giorno precedente, cammina sulla neve oramai fanghiglia. Pensa che, se non lo trovasse, le cose potrebbero essere più semplici. Ma la medesima forza che le ha fatto scrivere una lettera con due parole e un solo messaggio non può essere messa a tacere. Un insieme di immagini si interpone tra lei e una razionale forma di protezione. L'ignoranza esposta in maniera cinica tra le mura di casa sua la mortifica, eppure crede che, se non avesse rinvenuto i cadaveri e non avesse visto la tragedia, sarebbe stato facile abbandonarsi a una bieca retorica di convenienza. Non giustifica, cerca di comprendere le dinamiche che rendono le persone avversarie, che fanno innalzare muri e chiudere le porte con antifurti e sbarre d'acciaio. Si interroga sui motivi imponderabili delle divisioni, della diversità che è valore e anche diffidenza, sull'impossibilità di andare d'accordo con tutti. La contrapposizione tra amore e odio, e le sue innumerevoli facce. I suoi sogni, l'università, gli amici o Salvatore, senza compromessi.

Salvatore che si perde tra i palazzi di Milano, che cerca una via d'uscita, uno spiraglio in cui scorgere l'orizzonte. Un continuo frenare e sbattere contro pareti di cemento. Il giorno si spegne presto, la nebbia cala impietosa a rendere tutto uguale e ripetitivo. Il peso della solitudine, le radici assetate rimaste senz'acqua, i semafori lampeggianti. Le voci di una coda di gente in fila per entrare al cinema, le luci eterne intermittenti, i manifesti che chiedono senza dare nulla. Il suo viaggio potrebbe ricominciare ora, con un ritorno consapevole di cosa si lascia e di cosa si è lasciato.

Se non fosse che una città fatta di tentacoli è fatta anche di incontri, di coincidenze, di ragazzi che si cercano, impauriti dalla fermezza degli adulti. E più la nebbia è fitta, più gli scontri sono probabili. E i pensieri mutevoli facilmente sovrascrivibili.

Così Giulia smette di pensare al suo corso di studi, e Salvatore smette di pensare al biglietto da comperare. Giocano a mosca cieca e a un due tre stella, a nascondino e a ruba bandiera, fino a incrociare i passi e le braccia in una delle strade dietro a via Torino. I pugni stringono capelli umidi, i sorrisi scaldano lineamenti contratti. Entrambi hanno conferma che è più facile ritrovarsi che abbandonarsi.

"Dovevo venire via con te," dice Giulia.

"Ora ci sei."

"Temevo di non trovarti."

"Sono sempre stato qui," sorride Salvatore indicando il nulla che hanno attorno.

"Andiamo a casa nostra?" gli chiede trattenendolo vicino.

"Andiamo," risponde Salvatore prendendola sottobraccio.

Ricominciano a camminare senza direzione o, meglio, nella direzione che li ha fatti incontrare.

*

Alle sette del mattino Giulia bussa alla porta della stanza di Salvatore, che le apre con la faccia gonfia di sonno, i piedi nudi sulle fredde piastrelle monocolore, il pigiama stropicciato.

"Che ore sono?" le domanda, cercando l'orologio sul comodino ingombro di fogli e fazzoletti di carta. Si sono lasciati poche ore prima e fuori è ancora buio.

"Sorpresa!" esclama Giulia con un tono troppo alto.

"Non dovevamo vederci alle undici a Porta Venezia?" insiste Salvatore, nella fase tra risveglio e piena consapevolezza.

Giulia entra e chiude la porta. Appoggia a terra un borsone, gli porge un sacchetto colmo di indumenti e gli dà un bacio sulla guancia.

"Sono di mio padre, ma non li usa mai."

"Cosa sono?"

"Un piumino impermeabile, un pantavento e un paio di doposci. Ci sono anche i calzettoni di lana, se li vuoi mettere."

Salvatore si gratta la nuca, si siede sul letto.

"Andiamo in montagna. Stiamo fuori per la notte. In realtà ai miei ho detto che andavo a una festa a casa di un'amica e che sarei rimasta lì a dormire."

"Ottima idea. Così mi possono denunciare per furto di abbigliamento."

"Oppure per rapimento."

“Non ci avevo pensato. Quando si parte?”

“Abbiamo il treno fra un’ora e mezza. Vai a fare la doccia, sembri stravolto.”

“Vorrei vedere te. Mi hai buttato giù dal letto.”

“Poverino. Io ho dormito tre ore per organizzare tutto. Se preferisci, restiamo qui.”

“Dipende. A fare cosa?”

“Scemo.”

“Scema.”

“Tu di più.”

“No, tu. Dammi un bacio.”

“Vai a fare la doccia.”

“O un bacio o racconto a tuo padre che mi hai portato le sue mutande da neve.”

“Ricattatore! Non ci sono mutande lì dentro.”

“Ricordati che sto per rapirti e devi fare quello che voglio.”

“Se te lo do, vai subito a lavarti e fai il bravo bambino?”

“Promesso.”

“Allora ok.”

Il bacio è un bacio allegro, spensierato, conduttore dell’adrenalina della fuga, del sapore della scoperta e della vita vissuta veramente.

Il treno li accompagna, di fermata in fermata, ne registra le chiacchiere e le battute. Giulia, seduta sulle ginocchia di Salvatore, osserva il paesaggio, consegna i biglietti al controllore che glieli restituisce con una punta di nostalgia nello sguardo, confermandole quanto manca a destinazione e l’orario della coincidenza.

Il pullman della comunità montana si inerpica tra i tornanti, risale senza sforzo apparente la strada innevata con gli pneumatici chiodati. I passeggeri sono ragazzini della valle diretti alle scuole di sci.

Il paese è a milleseicento metri sopra il livello del mare e a Salvatore pare di essere sulla luna. Le case in legno dai tetti spioventi, i muri di neve accatastata sul ciglio dei marciapiedi, le cime delle montagne, imponenti e vicine, che appaiono e scompaiono tra le nuvole. Il tempo muta rapidamente, la nevicata del mattino lascia spazio a un sole che scalda i visi.

La casa della famiglia di Giulia è all'ultimo piano di una palazzina. L'ascensore microscopico e cigolante contiene a stento la loro voglia di liberarsi dei bagagli. Accendono il riscaldamento, prendono dal ripostiglio un bob di plastica rossa decorato di adesivi comperati sulle bancarelle dei mercatini dell'isola. Un abbinamento che a loro risulta perfetto, mentre si incamminano verso la funivia.

Nell'involucro dell'ovovia che li porta a tremila metri il bianco splendente li circonda e li acceca. Dalle creste il vento solleva sbuffi di neve, forme aguzze delineano paesaggi mozzafiato.

All'arrivo si allontanano dal rifugio pieno di gente intenta a mangiare carne abbrustolita e patatine fritte, o a rosolare al sole in maglietta e scarponi slacciati. Evitano le piste invase da sciatori simili a uomini ipertecnologici, con caschi e tute fluorescenti. Ridono dei principianti che non riescono a stare in piedi, dei finti professionisti che li schivano con sprezzo, salvo cadere poco più avanti per un avvallamento, e delle pose da campioni rubacuori dei maestri di sci.

Raggiungono la pista degli slittini, una collinetta soleggiata con genitori seduti sulle sdraio a controllare i figli e a soccorrerli dopo un capitombolo.

Giulia racconta che da bambina sognava di fare le discese con il bob insieme a lui, di andare più veloce degli altri bambini che la battevano sempre.

"Essere qui con te è un po' come realizzare un sogno."

"Li batteremo tutti," le dice Salvatore facendole l'occhiolino.

"Siamo gli unici adulti. Forse è riservato ai più piccoli."

"Adulta sarai tu. Andiamo."

La prende per mano, percorrono l'ultimo pezzo di salita e si posizionano sulla cima della collinetta.

"Non so nemmeno se ci staremo. Avevo undici anni l'ultima volta che l'ho usato."

"Fidati."

Salvatore si infila guanti e cappello, controlla i doposci e il funzionamento del freno. L'espressione seria e competitiva. Si affianca a un gruppo di bambini che si sta preparando a una gara e chiede di partecipare. Gli dicono che si gareggia in due e lui indica la sua compagna, scandisce il suo nome.

I nanetti confabulano tra loro e li accettano. Tracciano la linea di partenza e definiscono l'arrivo al termine di una cunetta.

"Vinceremo," sibila tra i denti Salvatore tornando da Giulia.

"Non dovremmo fare qualche discesa di prova?"

"Sono bambini!" le spiega, come se questo lo rendesse automaticamente più esperto.

"Ma hai mai provato a scendere con lo slittino?"

"Ti pare? Vivo su un'isola, io. Non sarà difficile, basta andare diritto. Sali."

"Non è così semplice." Giulia resta in piedi, mentre Salvatore è già accucciato e simula posizioni aerodinamiche.

"Sali, Giulia!"

I bambini le urlano di muoversi, Giulia ubbidisce.

La pendenza vista di lato faceva meno paura, dall'alto si capisce che il divertimento è la velocità. Salvatore tiene i piedi puntati nella neve compatta, aspetta il segnale del via dato dallo sventolare del fazzoletto di un signore calvo, che se la ride insieme a un gruppetto di mamme.

Il segnale arriva e la gara si rivela subito difficile. I bambini sono leggeri e saettano in avanti come se fossero sincronizzati. Giulia e Salvatore, dopo pochi metri, sono ultimi. Il peso può far loro guadagnare velocità, ma hanno bisogno di tempo.

"Stai giù," dice Salvatore, Giulia esegue. Non è più tanto sicura del suo sogno.

Alla prima cunetta nessuno degli slittini frena e la distanza resta inalterata. Alla seconda, più insidiosa, dal retro degli slittini si sollevano spruzzi di neve. I bambini la prendono con cautela, sono caduti troppe volte in quel punto. Salvatore sa che se frenasse non riuscirebbe a recuperare. Deve tentare il tutto per tutto.

"Tieniti!" grida a Giulia, che vive come in una scena al rallentatore il sorpasso e il loro passaggio al primo posto.

Per un breve istante sono in volo, si staccano dal suolo e sono sospesi in aria a una velocità doppia degli altri.

Il traguardo coincide con il loro atterraggio e la relativa distruzione del bob rosso di Giulia, che si spezza in due e li scaraventa con la faccia nella neve.

Le risa fino alle lacrime di Giulia e di Salvatore coprono le proteste dei bambini, che chiedono di invalidare la gara.

"Abbiamo vinto, e nessuno ci porterà via questa vittoria," declama Salvatore ai bambini, che gli danno le spalle e riprendono la salita per una nuova discesa.

Giulia raccoglie la leva del freno saltata via nell'impatto, se la picchietta sulla tempia. "Tu sei pazzo," gli dice ricominciando a ridere.

"Hai altri sogni da realizzare? Sono qui per questo."

"Hai della neve nelle orecchie."

"E tu nel naso."

"Ho freddo, andiamo a bere una cioccolata?"

"Direi che ce la meritiamo. Mi dispiace per il bob."

"Era il suo destino. Chiudere da campione."

*

Al ritorno l'appartamento è caldo e accogliente, dettagli di legno e marmo impreziosiscono i locali. I mestoli di legno per fare la polenta sono esposti sopra il camino, foto di famiglia sono allineate nei riquadri di una libreria a parete. Un corridoio conduce alle camere da letto, Giulia si dirige senza indugi in quella più grande, con una vetrata affacciata sulle montagne.

Il letto è enorme, preparato con un piumone che si sgonfia appena lo toccano. C'è un'attesa che rende elettrica l'aria, l'emozione dello stare insieme si scontra con una razionale voglia di controllo, di parole che come paletti limitino possibili cadute e aperture di voragini.

Restano in silenzio a osservare la luce del tramonto spegnersi e lasciare ombre blu sempre più scure. Perdono un indumento alla volta, senza fretta. I seni di Giulia stanno nelle mani di Salvatore, le riempiono con precisione, mentre il respiro si fa più corto e veloce. Ogni bacio viene prima gustato e poi divorato. Allargano senza confini i loro territori di conquista, conoscendo il rischio di lasciarli indifesi.

"Cosa farai dopo la scuola?"

La domanda di Salvatore li raggiunge immersi nella vasca da bagno, uno di fronte all'altra, con le ginocchia che spuntano dall'acqua e i polpastrelli delle mani rugosi.

"Non lo so. Mi piacerebbe studiare biologia marina, o qualcosa di simile. Ma mio padre mi ha già prenotato un posto ad architettura. Conosce tutti in facoltà e pretende che segua la sua strada."

"E tu?"

"Io cosa?"

"Cosa pensi delle sue pretese?"

"Penso che lo faccia perché mi vuole bene, è un suo desiderio."

"Il problema è che non parliamo dei suoi desideri, ma dei tuoi."

"Tu invece, cosa pensi di fare?"

"Io? Io penso di restare."

"Dai, Salvatore, seriamente."

"Sono serio. Lo trovi così assurdo?"

"Non hai un lavoro, non hai la laurea, come faresti a mantenerti?"

"Non credevo ti avessero influenzata a tal punto."

"Cosa stai dicendo?"

"Hai paura, questo sto dicendo. Paura delle ombre che ti hanno messo addosso e che ti sei fatta mettere addosso."

"Ti piace giudicare. La fai semplice."

"Speravo solo che volessimo la stessa cosa."

"Io voglio la stessa cosa."

"Ma?"

"Ma forse non sono forte quanto lo sei tu. O non sono pronta a modificare le mie poche certezze. Voglio vivere la mia vita, non..."

"Continua."

"Non lo so."

"Dillo."

"Smettila!"

L'acqua si raffredda di colpo, la vasca si restringe e diventa scomoda. Gli sguardi si evitano, si concentrano sulle fughe delle piastrelle.

Salvatore si alza in piedi e prende l'asciugamano. Giulia fa lo stesso, gli sta di fronte.

"Mi abbracci?" gli chiede con un filo di voce.

Salvatore respinge le anticipazioni della perdita, cerca di non pensare ai giorni successivi alla telefonata con cui lei lo aveva lasciato.

Scavalca il bordo della vasca, aiuta Giulia a uscire, e la abbraccia respirando il profumo di mandorle dello shampoo.

"Il futuro non esiste. Non abbiamo altra scelta che vivere nel presente," Giulia mormora tra le braccia di Salvatore, che la stringono e le fanno quasi male e non vogliono lasciarla andare.

*

Nei ritorni ci sono impressioni in controluce di ciò che si è stati prima di intraprendere il viaggio. Si guarda dai finestrini e ci si accorge con riluttanza dei tangibili cambiamenti e della velocità.

Salvatore e Giulia sono seduti uno di fronte all'altra, non hanno mezzi per combattere il tempo. Gli intrecci dei binari conducono su percorsi predeterminati, hanno arrivi e banchine dove bisogna scendere.

La Stazione Centrale di Milano alle loro spalle, il grattacielo squadrato di fronte, le scale della metropolitana, i fili elettrici dei tram, mucchi di neve annerita ai bordi delle strade, e i loro passi, la direzione, luoghi familiari da raggiungere senza sorprese.

Aspettano il verde pedonale al semaforo di una grossa arteria cittadina, tra persone di fretta che hanno sempre qualcosa da fare, che sbuffano e controllano l'ora.

Loro si tengono per mano, gli altri non esistono. Finché incrociano una ragazza che saluta Giulia, le dà due baci rapidi e le chiede come sta.

I dettagli spesso non si notano per non dare peso a dubbi e paure. Ma Salvatore sente la rapida assenza della mano di Giulia, il divincolarsi delle sue dita dalle proprie. Una frazione di secondo in cui segretezza e vergogna collidono.

Giulia non lo presenta all'amica, tiene gli occhi fissi su di lei, come per negare un'accusa invisibile. L'imbarazzo si insinua nelle frasi banali su tempo e montagna, sul Natale in famiglia, sulle vacanze che dovrebbero durare sei mesi. Si danno appuntamento alla festa dell'ultimo dell'anno, e si salutano con altri due baci sulle guance.

Quando Giulia ricomincia a camminare, Salvatore non si muove. Lei torna indietro e gli prende la mano, che non replica alla stretta.

"Cosa succede?" gli domanda con sguardo sfuggente. Mentire è facile a parole, difficile è controllare i movimenti del corpo, non sentire i muscoli contrarsi, l'onda di calore della colpa sul viso.

"Lo sai."

"No, non lo so."

"Lo sai." Salvatore insiste, la mette in un angolo da cui non può che uscire da sola.

"È una mia compagna di scuola. Non sapevo cosa dire."

"Ho visto."

"Volevo presentarti."

"Mi chiedo se ti vergogni di me, se c'è qualcosa che mi devi dire."

"Salvatore, stai scherzando?"

L'espressione di Giulia si trasforma in un'indignazione talmente credibile da farle voltare le spalle e capovolgere la situazione. Si allontana di qualche passo, quasi certa che Salvatore la raggiungerà e che il presente tornerà stabile tra loro, fino al prossimo scossone di orizzonte.

E Salvatore la raggiunge, cammina al suo fianco, cancella le brutte sensazioni con la rapidità di chi è innamorato e non può far altro che mettere da parte e tralasciare.

*

L'ultimo dell'anno la città sprofonda in un grigio pesante e respirabile. Alle quattro del pomeriggio il buio è quello di un cappuccio calato a forza sul viso di un milione di persone. Salvatore aspetta Giulia, non ha voglia di andare alla festa, vorrebbe rimanere con lei nel letto a contare i secondi che precedono la mezzanotte e ascoltare i fuochi d'artificio fuori dalla finestra. Sente il richiamo della sua isola, l'estrema solitudine che può essere chiusura o conquista, e la naturale ritrosia di fronte a sconosciuti che ridono e si divertono e vogliono che tu rida e ti diverta.

La festa è a casa del figlio di un avvocato, in un palazzo del centro, con la moquette rossa all'ingresso e il portiere che chiede i nomi e comunica l'arrivo degli ospiti.

Nell'ascensore Salvatore osserva la sua barba di tre giorni e il maglione verde regalo dei genitori. Sta bene, rilassato, sicuro di non sfigurare di fianco a Giulia che indossa un tubino nero e le scarpe con i tacchi a spillo di dodici centimetri che la rendono alta quanto lui, e così diversa dalla sua versione isolana da fargli girare la testa.

Sulla porta dell'attico li riceve un cameriere, che ritira le giacche e li fa accomodare in un salotto invaso di ragazzi e ragazze. Un gruppo suona musica rock a un volume esagerato, uno di loro strimpella un pianoforte a coda bianco, un altro canta e si atteggia con un microfono in mano. Alla fine della canzone c'è un applauso poco convinto, e un breve conciliabolo per la scelta del nuovo brano. Giulia saluta delle amiche, presenta Salvatore, che viene accolto da rapide occhiate e subito ignorato. Stringe mani umidicce e rimane in disparte con un bicchiere di spumante da sorseggiare per tenersi impegnato. I ragazzi fanno gruppo tra loro, discutono di calcio, si animano e si arrabbiano, perdono interesse macinando un argomento dopo l'altro, dalla macchina nuova alla gita al lago.

Giulia è una presenza scostante, non vuole lasciarlo solo, ma nemmeno essere estromessa dagli ultimi pettegolezzi extra scolastici, concentrati sulla notizia di una ragazzina di quinta ginnasio rimasta incinta e sul nome del padre che non è dato per certo.

Salvatore ascolta pezzi di conversazione, si avvicina al buffet e prende una mozzarellina infilzata da uno stuzzicadenti. Dalla finestra le luci non smettono di brillare, la Madonnina del Duomo spicca tra i tetti dei palazzi, sul balcone numerose piante in vaso sono ricoperte da cellophane per proteggerle dal gelo. Un'immagine di soffocamento che spinge Salvatore a uscire a respirare.

Il freddo lo sorprende, la voce di una ragazza lo fa voltare.

"Ti annoi?" gli chiede con le vocali aperte.

"Moderatamente."

"Ti piacciono gli avverbi?" La ragazza si appoggia al parapetto, il suo abito blu elettrico riflette la luce di un lampioncino in ferro battuto e le impallidisce lo sguardo.

"Preferisco gli aggettivi." Salvatore non riesce a definire i contorni del suo viso, pensa che, se la incontrasse all'interno, non la riconoscerebbe.

"Hai uno strano accento."

"Non sono di qui."

"Di dove sei?"

"Vengo da un'isola."

"Ah! Ho capito, l'isola di Giulia. Sei venuto con lei, giusto?"

"Sì."

"Sei il suo ragazzo di là?"

"Di là e di qua."

"Se lo dici tu."

"Cosa intendi?"

"L'argomento ti interessa."

Salvatore è spiazzato, intrappolato dalla curiosità. Si morde un labbro per resistere alla tentazione di domandare di nuovo.

"Ti ha mai parlato di Filippo?"

"Non conosco nessun Filippo."

"Ehi, ti ho punto sul vivo."

"Si congela. Io rientro."

Salvatore torna in salotto, abbandona la ragazza senza salutarla. L'aria riscaldata, lo sbalzo di temperatura e i pensieri che hanno preso a vorticare con la stessa velocità della città lo fanno barcollare.

Si accorge di essere osservato, che l'aria selvaggia dell'isola è anche nei suoi occhi, permeata in lui in uno stato solido, duro come diamante. Ferma un cameriere e prende un calice di spumante che beve troppo in fretta e gli arroventa lo stomaco.

Attraversa la sala, scansa i corpi di sconosciuti, probabilmente abituati, pensa, a incontrare Giulia in compagnia di un altro ragazzo.

C'è un dolore sordo che proviene da un luogo indefinito, che si sposta da dietro l'orecchio al costato, una vibrazione che stona con le altre, che non permette ragionamenti completi e rende sospettosi.

Giulia lo trova accanto a una colonna, con una mano tra i capelli e l'aria di chi vorrebbe spaccare tutto. Gli prende un braccio, allarmata gli dà una carezza.

"Stai bene?" domanda con la voce che fatica a superare il volume della musica.

"Stai bene?" replica lui, restituendole una carezza pesante, imitandone tono e atteggiamento.

"Hai bevuto?" Giulia si scosta, sa che è successo qualcosa.

"Hai bevuto?"

"Smettila."

"Smettila tu." Salvatore urla e fa voltare chi ancora non lo sta osservando.

Giulia lo fissa con uno sguardo nuovo, e un'incredulità che si riserva a persone che si credeva fossero diverse.

Una ragazza si avvicina a loro, dice una cosa a Giulia, che non distoglie gli occhi e la ignora. La ragazza fa una smorfia e prosegue oltre.

"Presentami Filippo," dice Salvatore nel momento esatto in cui il gruppo smette di suonare e il silenzio sottolinea la sua frase.

Nonostante l'ultima sillaba pronunciata con volume decrescente, il nome raggiunge i presenti e li scopre a bocche spalancate.

Un ragazzo seduto su un divano in compagnia di altre ragazze alza il braccio, esclama: “Io. Sono io Filippo. Chi vuole conoscermi?”.

Indossa jeans e una camicia bianca con gli ultimi due bottoni aperti. È abbronzato, ha i capelli biondi, e un’aria finto trasandata. Un grosso orologio d’acciaio gli sta largo sul polso, lo sposta su e giù, mentre sorride e si avvicina a Giulia e Salvatore.

“Cosa credi di sapere?” dice Giulia a Salvatore.

“Proprio nulla. È questo il problema.”

“Ehi, amico, qua la mano.” Filippo lascia sospeso il braccio con l’orologio e dà una stretta vigorosa. Poi schiocca un bacio sulla guancia di Giulia.

“Come stai, fantastica?” le chiede cingendola per i fianchi.

“Tu sei?” Filippo non aspetta risposte, accelerato da qualcosa che gli rende lucida la pelle del volto.

“Salvatore.”

“Senti che accento. Sei l’isolano, l’amico di Giulia. È un piacere averti qui. Ho sentito parlare spesso di te, Giulia è un po’ ossessionata, sai?” Prende tre calici da un vassoio, ne rovescia uno per terra e lo sostituisce con un altro.

“Dobbiamo fare un brindisi,” dice a loro due, ma comprendendo anche chi li circonda. “Ragazzi! Un brindisi a Salvatore, che ha fatto tanta strada per essere qui.” Filippo alza il calice, intona un “a Salvatore” accompagnato da tre note stridule di chitarra elettrica.

Salvatore beve in un sorso lo spumante, si sente avvampare, incapace di reagire in qualsiasi modo.

Giulia resta tra loro con un mezzo sorriso imbarazzato, e la voglia di spiegare a Salvatore che la lontananza è questo, che la loro libertà faceva parte del prezzo da pagare.

“Sei venuto in barca?” chiede Filippo, che, come se fosse stato spento premendo un interruttore, smette di sorridere.

Prende altri due calici di spumante, ne porge uno a Salvatore, che lo fa cadere a terra.

"Guarda cosa hai fatto. Hai rotto un bicchiere di cristallo. Hai i soldi per pagarlo?" Filippo ride, sollecita gli amici con un applauso che si propaga nella stanza.

"Andiamo via," dice Giulia a Salvatore.

"Agli isolani che invadono le città e pensano di portarci via le ragazze." Filippo ride più forte, brinda con gli altri, alimenta la festa.

"Tu esci con questo qui?" Salvatore finalmente si sblocca e respinge il tentativo di Giulia di allontanarlo.

"Hai qualcosa in contrario?" Filippo scrolla le spalle, e tira su il collo come un gallo nel suo pollaio.

"Salvatore, ti prego. Andiamocene." Giulia lo guarda implorante, ma non funziona.

"Giulia è così, a volte è la mia ragazza, a volte è la ragazza di qualcun altro, d'estate è persino la tua."

"Sei solo un coglione," sbotta Giulia, che con le mani aperte spinge Filippo senza spostarlo di un centimetro.

"Una volta ti piaceva," ribatte Filippo, che la trattiene per le spalle.

"Mi fai male," dice Giulia, esausta, prima che Salvatore decida di intervenire e strattonare Filippo per fargli mollare la presa.

Lottano per pochi secondi, il tempo di far saltare i bottoni della camicia bianca di Filippo e di schivare uno schiaffo. Due camerieri li dividono, dei ragazzi chiedono a Salvatore di andarsene.

Nell'anticamera Salvatore aspetta che gli portino la giacca. Nel salone il conto alla rovescia per la mezzanotte è partito. Filippo e gli amici di Giulia non sanno già più chi sia Salvatore e quale sia, se l'hanno mai saputo, la sua isola.

"Tu resta," dice a Giulia, gli occhi rivolti in tutt'altra direzione.

"Hai già sentenziato? La condanna è il tuo unico e irremovibile giudizio?" Giulia si sposta in direzione del suo sguardo. In lei una determinazione nuova, conseguenza di una crescita coltivata nell'attesa.

"Mi sembra di non sapere troppe cose."

"Forse perché le cose che sai non ti bastano. Non ti bastano le mie lettere, le mie parole."

"Nelle tue parole non c'è tutta la verità."

"Dove credi che sia la verità? Nelle giornate che trascorriamo insieme, o nelle stupide giornate in cui cerco senza riuscirci di smettere di pensarti anche solo per un secondo?"

"Sembra che tu ci riesca." Salvatore indica le ombre che si agitano oltre le porte chiuse di vetro smerigliato. "Ci sei uscita?"

"Sì, ma non importa nulla."

"L'hai baciato?"

Giulia si raddrizza sui tacchi, pronta a difendersi con le unghie.

"Sì, è capitato," risponde decisa, sicura che lei e Salvatore abitino un altro piano, costruito con passione, inattaccabile dall'esterno, dalla vita che ruota attorno a loro. Invulnerabile alla giovinezza, alle tentazioni, agli sbagli.

Salvatore incassa, con la bocca asciutta, e il conteggio dei secondi che mancano al nuovo anno è simile al conteggio di una condanna a morte o di una demolizione programmata.

"Sei andata con lui? Ci hai fatto l'amore?"

"L'amore lo faccio solo con te."

"Sei stata con lui? Con quello sfigato con l'orologio da pappone?"

"Una volta," dichiara Giulia. "Una volta che non conta niente."

Salvatore sottrae mentalmente gli ultimi secondi. Cinque, quattro, tre, due, uno.

Le esplosioni, gli abbracci, i tappi delle bottiglie di champagne rimbalzano davanti a loro.

Salvatore riceve la sua giacca e la indossa scoprendosi

leggero, una leggerezza fatta di assenza, di svuotamento dall'interno.

Esce sul pianerottolo e chiama l'ascensore.

Giulia tiene le braccia incrociate, dalla tromba delle scale sale un'aria gelida.

"Non andartene da solo. Aspettami."

"Ci saranno altre occasioni. Ora vai a divertirti." Salvatore non ricorda ciò che dice un momento dopo averlo detto. Le dà le spalle, mentre l'amore lo pugnala.

"Ti amo. Solo te. Ti amo."

Giulia osserva le porte dell'ascensore aprirsi e Salvatore scomparire. Trema, mentre si rende conto che le parole più potenti che credeva di possedere e di poter dire non hanno sortito alcun effetto, sono state respinte, rese inoffensive.

*

Salvatore e la città che festeggia, con le strade invase di gente, la nebbia che confonde e, sopra a tutto, il tempo che passa senza considerazione. Le mani infilate nelle tasche, il bavero alzato, l'andatura veloce.

L'intimità di Giulia, immaginare le sue espressioni condivise da altri sono per Salvatore macchie di catrame che inquinano il suo personale paradiso. Dove prima c'era la verità, ora c'è un buco nero.

Ma nella corsa all'ostello, nelle lacrime che tenta di bloccare all'interno della squallida stanzetta, tra rabbia e cecità momentanea, nasce e cresce un bozzolo di razionalità. Dalle rovine si può uscire più forti, si può imparare a essere meno duri con se stessi e con gli altri, trovare punti di incontro ignorati fino ad allora. E anche se Salvatore ora non vuole, non può nemmeno pensarci, sa che Giulia non è così colpevole, che se non ne hanno parlato è perché sapevano che poteva capitare a uno o all'altra, che vivere nell'attesa è sfiancante, che cedere e cercare è una reazione naturale.

Giulia, che rimane alla festa, senza peso, a bere spumante e cocktail, che dice "auguri" e scoppia a piangere, che abbraccia chiunque per non abbracciare se stessa. Immersa in una spirale di autocommiserazione che la fa ballare, e roteare, e cadere, e vomitare. Giulia che smette di pensare perché, appena lo fa, vede Salvatore che scompare nell'ascensore e percepisce che ciò che sente ha smesso di avere valore, e che senza ciò che sente non ci può essere niente. Si addormenta su uno dei divani e si sveglia a mezzogiorno insieme ad altri ragazzi dalle facce stravolte. Beve un caffè in piedi, poi saluta e prende lo stesso ascensore che le ha portato via Salvatore, guardando le sue occhiaie nello specchio, convinta che tutto questo passerà. Quando esce nella giornata assolata e limpida e si incammina verso l'ostello, non può sapere che è tardi, che le sue speranze sono invecchiate da un anno all'altro e che per farci i conti potrebbe volerci una vita intera.

*

Alle otto del mattino bussano alla porta e pare che il mondo stia cascando per terra. I colpi sono decisi e ripetuti. Salvatore si sveglia consapevole che non è Giulia che lo sta cercando, che lei busserebbe con gentilezza, gli chiederebbe scusa e si infilerebbe nel letto con lui.

Si mette il cuscino sulla testa, ma chi è fuori dalla porta sembra intenzionato a non arrendersi.

Si alza, infila i jeans e apre.

Il padre di Giulia incombe sulla soglia e ha l'espressione di chi non porta buone notizie. Lo prende per le spalle con mani grandi e robuste. Salvatore pensa lo voglia picchiare, accusarlo di una disgrazia capitata a Giulia nella notte. Nella mente si accavallano violenze e incidenti, ma nessuna immagine lo prepara alla realtà.

"Tu e Giulia dovreste imparare a tenere accesi i cellulari."

"Giulia è rimasta alla festa," dice Salvatore, non per giustificarsi, ma per mettere ordine e dare confini a un risveglio difficile.

"Mi ha chiamato tuo padre," dice l'uomo, che non smette di trattenerlo e anzi pare voglia sostenerlo.

"Non capisco," risponde Salvatore, negli occhi il mare, l'isola, i suoi genitori, i migranti.

"Tua madre." Una pausa lunga quanto la paura di rimanere da soli che cresce fin da bambini. "È morta ieri sera." La frase completa, senza appello, inserita nel tempo passato da cui non si torna indietro.

Salvatore si divincola dalla stretta, lotta contro gli oggetti, sopporta il peso del soffitto, dell'intero palazzo, di una città che non lo vuole. Addita le colpe, ne sente la responsabilità, ripensa alla telefonata del giorno di Natale, al tono stanco di sua madre, al non aver detto né fatto nulla, sebbene l'intuito avesse provato a metterlo in allarme.

Sua madre non c'è più. Non ci sono le sue carezze, vita nei suoi occhi, la mano del padre in quella di lei. Ci sono le immagini, evanescenti quanto l'aria che sputa in soffi, mentre si piega sulle ginocchia e il vuoto che ha dentro si riempie di dolore.

Lo capisce in quel momento che non rivedrà Giulia, che il loro destino incrociato anni prima a Punta Caladritta con delle lanterne da matrimonio era solo un gioco di bambini. Un'idea bellissima, frutto di fantasia e di un'età dove essere ciò che si vuole è semplice e spontaneo.

Incontra gli occhi del padre di Giulia e scorge, sotto la

costernazione, la stessa consapevolezza, la tranquillità della vittoria.

Sul pavimento della stanza dell'ostello Salvatore traccia un confine con le unghie, fatto di lacrime e perdita. Riempie la valigia con le sue cose, si lava la faccia, accende il cellulare e chiama suo padre.

Una telefonata breve, domande e monosillabi. La saturazione di un filo lungo migliaia di chilometri, incapace di offrire conforto e un minimo di calore.

"Andiamo," dice il padre di Giulia, che ha la macchina in doppia fila con le quattro frecce accese.

"Voglio andare a casa," dichiara Salvatore cercando di non spezzare le parole.

"Lo so. Andiamo all'aeroporto. Prendi il primo volo disponibile."

La macchina ha i sedili morbidi, la città scorre rapida come in un video musicale, l'insonorizzazione crea una disarmonia fra dentro e fuori che ben si concilia con quello che prova Salvatore.

L'aeroporto è un contenitore con i soffitti alti, illuminato a giorno, pieno di numeri e di nomi di luoghi lontani. Il padre di Giulia si muove con scioltezza, si dirige senza esitazione ai banchi della compagnia aerea, sfila dal portafoglio la carta di credito e paga il biglietto di sola andata. Spiega a Salvatore le procedure, gli porta la valigia al check-in, lo accompagna all'ingresso del controllo bagagli, resta con lui fino a quando l'orario di partenza viene confermato.

"Salutami tanto tuo padre. Portagli le condoglianze della mia famiglia."

"Grazie per il biglietto. Le restituirò i soldi."

"Non pensarci."

"Lo farò."

"Come vuoi. Ma non credo ci rivedremo, almeno non sull'isola."

"Troverò il modo."

"Ti saluto Giulia."
"D'accordo."
"Riguardati."

Salvatore resta solo, chiude una dopo l'altra porte invisibili, con lo sguardo basso e le punte delle scarpe graffiate dalla sabbia a tenergli compagnia. Va in bagno e prova a piangere in uno dei cubicoli grigi e sporchi, ma resiste e respinge le lacrime, per non sprecare sofferenza tra i rumori dei ventilatori e degli sciacquoni automatici.

Tira su con il naso, alza lo sguardo e consegna il biglietto alla hostess. L'aereo romba sulla pista, corre più veloce di quanto Salvatore abbia mai corso in vita sua, che con i pugni stretti si regge ai braccioli e guarda fuori mentre spicca il volo per andare lontano, per ritornare dopo avere perso ed essersi perso.

*

All'ostello le dicono che Salvatore è partito, che ha lasciato una settimana pagata e non ha chiesto indietro la caparra. Giulia, sul marciapiede, ancora confida di sistemare tutto, di precipitarsi alla stazione e fermare Salvatore un attimo prima che salga sul treno. Quante volte nei film succede, quanti lieti fine con abbracci e gioia. D'altronde guardandola negli occhi capirà che un altro ragazzo, altre esperienze, non saranno mai paragonabili a loro due, che lei non ha mentito, e ciò che non ha raccontato è di scarso valore, una prova e un impietoso confronto. Come nei libri che hanno letto e condiviso, dove le cose importanti risaltano in poche frasi e sovrastano il resto.

Il cellulare vibra nella tasca del cappotto di lana. Lo afferra e rimane delusa quando vede che è suo padre. Ignora la chiamata, si muove in fretta verso la metropolitana. Ma il telefono smette di vibrare per ricominciare subito dopo. Un'insistenza non da lui, una preoccupazione insolita e un brutto presentimento.

"Pronto," risponde con il fiatone, già sulle scale davanti al cartello rosso che indica la fermata Duomo.

"Giulia, finalmente." La voce di suo padre le arriva attutita da un ronzio in sottofondo.

"Buon anno," dice lei, senza enfasi, come se gli avesse detto buongiorno o ciao.

"Dove sei?" il padre non replica agli auguri.

"Sto entrando in metro."

"Vai a casa."

"Perché?"

"Tu vacci e aspettami lì."

"Sei in macchina?"

"Sì, sto tornando da Malpensa."

Nella mente di Giulia uno scenario imprevisto la fa appoggiare con la schiena al corrimano di vernice scrostata.

"Cosa hai fatto?" domanda con tono accusatorio, chiudendo gli occhi in attesa di una risposta che non vorrebbe ascoltare.

"Ho accompagnato Salvatore a prendere il primo aereo."

A Giulia cedono le gambe, deve riaprire gli occhi per ricordarsi dove si trova e dove stava inutilmente andando. Niente immagini di abbracci, nessuna vecchia cinepresa a filmare lei e Salvatore sulla banchina della stazione.

È un attimo e un rigurgito di rabbia le sale dallo stomaco e le colma la voce.

"Perché? Come ti sei permesso?"

"Aspetta, Giulia. Aspetta." Il padre si agita nell'abitacolo, voleva dirglielo in casa, in una situazione meno instabile.

"Come osi? Credi che allontanarci possa servire?" Giulia strepita nel cellulare premuto contro la bocca. I passanti la guardano di traverso e sfilano via, indifferenti, nel nuovo anno.

"Giulia!" grida il padre con il viso rivolto al vivavoce della macchina, mentre in autostrada sorpassa una coppia che lo osserva preoccupata.

Le frasi di Giulia si fermano, superate dal pianto.

Il padre riesce a farsi sentire: "Giulia, ascoltami. È morta sua mamma".

Un breve silenzio congela la comunicazione, simile ai mucchi di neve nera accanto a Giulia e ai campi immobili che l'autostrada taglia in due.

"Cosa hai detto?" La voce di Giulia sembra quella di una bambina.

"L'ho portato in aeroporto perché ieri sera è morta sua mamma."

"Non è vero."

"Mi dispiace."

"Non può finire così. Devo partire anch'io." Giulia si rianima, stringe i pugni nello stesso momento in cui anche Salvatore li stringe al decollo dell'aereo.

"Sto entrando a Milano. Dimmi dove sei che vengo a prenderti."

"Sono in Duomo."

"Aspettami che arrivo."

La macchina di suo padre è calda, la conduce a casa, all'abbraccio di sua madre, nella sua cameretta, dove ha pianto per la mancanza di Salvatore, e dove piange per l'impossibilità di raggiungerlo ora che avrebbe bisogno di lei, ora che un macigno che avrebbero potuto spostare con un soffio è diventato cemento tra i piedi.

L'estate è lontana e non si sa se tornerà

Salvatore vede l'isola dall'alto, un punto nel mare circondato dalle incessanti onde invernali, apparentemente inamovibile. Ne riconosce forma e colori, come si possono riconoscere i lineamenti di un viso amato sempre più vicino.

Un tavoliere spazzato dal maestrale, con strade sterrate, un paese arroccato, case sparse e le piscine azzurre delle ville private. Un contadino nell'orto che alza la testa per guardare l'aereo e con una mano sulla fronte si difende dal sole. Il porto con le vedette della guardia costiera, le recinzioni, le tende, i container del centro di smistamento profughi. Le campane della chiesa che scandiscono l'ora. Nessun bambino sdraiato a salutare ai margini della pista, perché l'estate è lontana e non si sa se tornerà. I pini sparuti che sfiorano la pancia dell'aereo, i granelli di sabbia che rotolano sugli oblò, e il rumore delle ruote contro l'asfalto, l'impatto con la terra, attrito e accoglienza.

Salvatore rientra nella sua stanza e chiude il cellulare in un cassetto. Vuole tranciare collegamenti, restare solo, percepire peso e sostanza di corpi e oggetti.

Sua madre è nella camera da letto, esposta agli sguardi di chi la conosceva e di chi le voleva bene, ma anche di chi non sapeva chi fosse e viene per fare presenza.

Il marito, il padre di Salvatore, le sta seduto vicino, come ha fatto per tutta la vita, la difende dall'invadenza, accoglie i saluti, i baci, le carezze. Nei suoi infiniti sospiri la traccia evidente dello smarrimento, del suolo che sostiene, ma è voragine sotto i piedi.

Il telefono di casa squilla al principio della sera. Talmente inaspettato che somiglia a un allarme antiaereo, una scossa che spaventa le donne anziane e fa sorridere due fratellini appoggiati allo stipite della porta d'ingresso in attesa che i genitori porgano le condoglianze.

Nessuno, sull'isola, si telefona.

Il telefono è sinonimo di continente, e per Salvatore il telefono può significare solo Giulia, che infrange la loro vecchia regola di non chiamarsi.

Scende per le scale, replica con un cenno del capo ai saluti e alle pacche sulle spalle dei presenti e solleva la cornetta situata nel breve corridoio che collega la cucina al salotto.

"Pronto." Non ci sono porte a liberarlo dalle occhiate furtive e dalle orecchie attente.

"Salvatore, mi dispiace." La voce di Giulia non è mai stata così lontana. Un bisbiglio soffocato, un dolore che, per quanto vero, rimane compresso nel microfono. Non può uscire, dilagare, aiutare.

"Grazie." Salvatore tira il filo al massimo della lunghezza, si appoggia alla parete della cucina, scherma con la mano a coppa la cornetta.

Ripensa a Milano e non gli viene in mente niente.

"Vorrei essere lì. Vorrei poterti dire tante cose." Giulia si muove, forse cammina. Salvatore la immagina raggomitolata sopra un armadio, con il soffitto a pochi centimetri e la sensazione di non poter andare da nessuna parte.

Lui non parla, ascolta, attende che quelle parole si trasformino e diventino realtà. Lo desidera e più lo desidera più fa male. Non può fermare la tristezza, non pensava fossero necessari argini di tale portata.

"Le volevo bene," dice Giulia.

"Lo so. Anche lei te ne voleva." Salvatore abbassa la testa, mentre nell'altra stanza un signore starnutisce e si soffia il naso. Qualcuno va in bagno e l'acqua scroscia nelle tubature.

Giulia potrebbe dire tante cose, fare promesse, ottenere perdono, ma conosce Salvatore e resta in silenzio, ne assorbe il valore, spinge il telefono contro l'orecchio per sentire il suo respiro.

"Posso scriverti?" È la sua unica richiesta, a braccia aperte, pronta per essere stretta o evitata.

"Sì."

Un sì che toglie le forze a Salvatore, che abbandona la cornetta sulla mensola e si rifugia nel buio della cucina. Dove può cadere in ginocchio, solo.

*

Sua madre è morta nel letto in cui ha dormito per più di vent'anni. Una notte dopo l'altra, fino all'ultima. Non stava bene da più di un mese, gli esami del sangue avevano allarmato il medico di famiglia che aveva consigliato approfondimenti e indagini invasive. Sua madre si era rifiutata, diceva al medico e al marito che, se il vento dell'isola voleva portarla via, era così che doveva andare, che nessun esame lo avrebbe impedito. Diceva di sentire che qualcosa di definitivo stava per capitare, aveva paura, una folle paura degli ospedali, dei viaggi a Palermo o a Roma, dei racconti delle amiche mutilate da operazioni per estirpare cancri inesorabili. Voleva scegliere, mantenere un'integrità fisica e mentale, voleva essere come le donne che hanno abitato l'isola e di cui sua madre e sua nonna le avevano parlato. Donne capaci di affrontare da sole atrocità e delusioni, dotate di coraggio e pudore. Negli ultimi giorni aveva detto a suo marito di essere stata felice, di non aver desiderato altro da ciò che aveva avuto.

Dicono che non abbia sofferto molto, che i dolori erano attutiti dagli antidolorifici, che semplicemente era andata a dormire alle sette di sera dell'ultimo dell'anno perché troppo stanca, che aveva dato il bacio della buonanotte al marito e non si era più risvegliata.

Lo dicono gli abitanti dell'isola mentre formano una catena che esce dal centro del paese e accompagna la bara con accanto Salvatore e suo padre. Due figure rimpicciolite dagli eventi, chiuse in loro stesse come lumache nei gusci.

Una fossa nella terra nera e dura, delle corde che si sfilano, mattoni e cemento a sigillare patti mantenuti, rapporti interrotti. Simboli materiali di un saluto che non è altro che fine.

Gli amici si affollano intorno al lutto, chiedono e porgono braccia, distratti per qualche ora dalle incombenze quotidiane. Predisposti a riti noti e rassicuranti, dove ognuno conosce il proprio ruolo.

La casa è involucro e tesoro, protezione e assenza. Salvatore e suo padre vi si rifugiano senza immaginare il significato che ogni ricordo porta con sé. Senza essere stati preparati al silenzio e alla sordità di gesti che mancano e che sono stati dati per scontati. Una casa con pochi litigi e poche grida, locali familiari, una serenità composta di elementi ben amalgamati. Due terzi, non più un intero, una completezza respirata e ora menomata.

I primi giorni alcune vicine portano il pranzo e la cena. Bussano discrete, entrano e porgono tegami caldi. Si prendono cura di loro, tentano di mitigare un distacco fatto anche di faccende pratiche e ripetitive. Mangiare, pulire, stirare e comperare.

Il ritmo del tempo rallenta, dilata le giornate in mattinate a letto senza sonno, in pomeriggi di secondi ticchettanti, uno dopo l'altro, dopo l'altro, a migliaia, e in serate in cui guardarsi negli occhi aumenta la distanza e bisogna distogliere lo sguardo.

La morte sull'isola non è più un evento raro. I migranti la portano negli occhi, nei magazzini del porto sono stipate delle casse di legno pronte a essere utilizzate al prossimo naufragio, e un'impresa di pompe funebri del continente ha aperto una sede nei locali di un ristorante chiuso per fallimento. Rimanere in casa o uscire e stare nelle stradine, poco cambia, i passi sono strascicati, le schiene curve, i sorrisi stentati.

Proseguire è sempre una scelta, anche quando scegliere non sembra possibile.

*

I primi mesi le abitudini reggono, tessono teloni protettivi attorno a Salvatore e a suo padre. Resistono agli urti, placano le distorsioni dei silenzi e delle visite al cimitero. L'isola rallenta insieme a loro, gli abitanti escono nel sole primaverile a discutere di ripresa e di estate.

Il mare e la barca sono coordinate a cui ritornare per trovare conferme. Salvatore e suo padre lavorano intensamente, restano fuori dalla mattina a sera inoltrata, pescano di più e vendono a prezzi stracciati il pesce agli alberghi che forniscono pasti caldi ai militari.

Nel porto puliscono le reti con una lentezza che ricorda loro che non c'è più chi li aspetta a casa. La salsedine sulla pelle e nel naso si deposita tra le lenzuola dei letti sfatti, nelle pieghe polverose.

Giulia, Milano, il futuro sono congelati nell'inverno, argomenti abbandonati, parole, dove le parole dovrebbero avere funzioni basilari, e invece sono ridotte a gesti ed espressioni, a orpelli complessi da gestire.

Poi il padre di Salvatore crolla, una frana improvvisa, senza avvisaglie. Salvatore lo trova in cucina, sul pavimento, in un pianto dirotto e incontrollabile.

Vedere il padre piangere è un trauma che gli fa scricchiolare le ossa, mentre impacciato cerca di sollevarlo e metterlo a sedere su una sedia. Il corpo rigido e pesante, braccia e gambe che rifiutano il suo aiuto, e infine un appello accorato: "Vai via. Lasciami stare. Vai via".

Salvatore rinuncia, ascolta le frequenze di una sofferenza che dovrebbe anche essere sua, che fluisce come acqua fredda sulla sua pelle d'oca. Esce di casa e si siede contro il legno verniciato della porta. Le pareti a questo punto potrebbero anche sgretolarsi di fronte a cosa rimane di ciò che era la loro vita.

Le ore trascorrono, finché suo padre apre la porta e gli chiede di entrare.

Vanno in cucina, come naufraghi si appoggiano ai mobili e al tavolo. Sul fornello una pentola d'acqua sta bollendo, pomodori e cipolla soffriggono e fanno borbottare i loro stomaci.

Suo padre ha gli occhi lucidi e lo guarda.

"Sto preparando la pasta che ci faceva la mamma."

"L'odore è buono," dice Salvatore che lascia andare il respiro trattenuto per troppo tempo.

"Prepariamo la tavola?" chiede suo padre, che apre cassetti e prende posate e bicchieri.

Salvatore scopre per la prima volta la metà mancante, la linea invisibile che ha tagliato suo padre in due senza ucciderlo. La vede distintamente e ne sente gli effetti sul proprio corpo.

"Pasta lunga o pasta corta?"

"Lunga."

"Hai fame?"

"Non molta."

Suo padre si gira mentre rovescia mezzo pacchetto di pasta nell'acqua.

"Devi mangiare. Devi crescere," dice facendo un sorriso, ripetendo le parole che gli diceva sua madre.

Salvatore si siede e versa il vino.

La pasta è buona, cotta al dente, con i pomodori saporiti dell'orto, e l'olio di oliva prodotto da un vicino di casa.

"Penso di smettere di lavorare," dice suo padre dopo essersi pulito la bocca con il tovagliolo. "E penso che tu dovresti andartene, fare esperienza, liberarti di questi confini. Sei un ragazzo intelligente e qui non hai nulla che ti trattiene."

"Ci sei tu," risponde rapido Salvatore.

"Io invecchio, e mi piace stare da solo."

"Non ho altri posti dove andare."

"Non ti voglio mandare via. Dovresti pensarci. Il lavoro ormai è più fatica che altro. La nostra barca è troppo piccola per il sistema, i grossisti che vengono dal continente chiedono grandi quantità di pesce. Hai visto anche tu che non ci contatta più nessuno dall'anno scorso."

"Lo so. Vendiamo tutto per due lire," ammette Salvatore. "Però potrei inventarmi qualcosa."

"Potresti riconsiderare l'università. Tua mamma e io, quando ci siamo sposati, abbiamo fatto un'assicurazione sulla vita. L'aveva voluta lei, diceva che poteva essere un salvagente se fossimo rimasti soli."

Salvatore accoglie la notizia senza sorpresa, sua madre gliene aveva parlato tempo prima.

"Io resto. A noi." Brinda toccando con il bicchiere quello di suo padre, riconoscendo nei suoi occhi l'orgoglio per una scelta difficile.

"E ti dirò di più," aggiunge Salvatore, "so già cosa farò. Porterò i turisti a fare il giro dell'isola."

"I turisti sono sempre meno," controbatte suo padre.

"Al porto, d'estate, c'è sempre qualcuno che aspetta di fare un giro in barca."

"È vero. Ma d'inverno?"

"D'inverno studierò, farò ciò che avrò voglia di fare. Mi hai sempre insegnato che i soldi non sono importanti e quelli che avrò me li farò bastare."

"Sei un bravo ragazzo."
"E tu sei un buon padre."
"Stiamo diventando melensi."
"Andiamo a fare una passeggiata?"
"Come piaceva a mamma?"
"Come piaceva a mamma."

*

Il postino fruga nella borsa di pelle legata al manubrio della bicicletta. Quando la trova, la sua soddisfazione dimostra che Giulia aveva ragione, che i postini di tutto il mondo applicano particolare cura alle lettere con la busta rosa.

Salvatore non corre più in camera ansioso di leggere. Rigira tra le mani la busta, pungendosi le nocche con gli spigoli. Osserva l'indirizzo del mittente, le lettere che formano "Milano", e si incammina fuori dal paese. Si siede sul muretto di pietra della strada che conduce all'altipiano, guarda il mare e lascia che le dita, poco alla volta, vincano la resistenza della colla.

Giulia assume dimensioni variabili, una poesia, la frase di un romanzo. A volte parla di lei, della scelta dell'università caduta, come voleva suo padre, su architettura. Scrive che le cose non sempre vanno come si vorrebbe e che loro due ne sono un esempio. Non chiede risposta, la sua grafia delicata alimenta fiamme e consuma ossigeno.

Salvatore si siede alla scrivania, prepara il foglio bianco sul piano in legno, ma non c'è frase che riesca a staccarsi dai suoi pensieri. Non vuole altro che restare solo, e non vuole doverlo raccontare. Prende il foglio e lo appallottola, lo distende sul piano e lo appallottola di nuovo. Pensa di inviarglielo, di lasciare che sia lei a riempirlo con ciò che è rimasto.

Pensa di telefonarle, prova a comporre il numero sul cellulare, ma non riesce a completarlo.

Si abbandona contro lo schienale della sedia, spegne la luce e chiude gli occhi.

*

Gli equilibri mutano, ci sono rotazioni e nuovi scorci verso cui orientare lo sguardo, e un'elasticità che non si supponeva di possedere. Le persone si abituano alle più disparate situazioni, sono in grado di sorprendere se stesse, di scoprire diverse soglie di sopportazione al dolore, differenti modi di reagire.

Così Salvatore e suo padre escono dal loro nascondiglio e si accorgono che la luce del sole non li spaventa e non li brucia. Tornano nelle strade del paese, tra i vecchi conoscenti che li osservano incuriositi e non più con compassione. Comperano il pane, la frutta, vanno al supermercato a fare la spesa spogliati del peso che gravava sulla testa, consci della perdita, rinforzati da essa. Voltano pagina senza dimenticare nemmeno una riga delle precedenti.

Salvatore va al porto, vende parte delle reti e dell'attrezzatura, modifica la barca, la alleggerisce, crea posti a sedere, li riveste di gomma, acquista salvagente. In comune sbriga le pratiche per ottenere i permessi e la licenza, litiga con la burocrazia e paga in anticipo più tasse di quanto si aspetta di guadagnare d'estate.

Suo padre esce di prima mattina e al posto di scendere verso il mare sale verso l'altipiano. Attratto dalla terra, dalla solidità che gli permette di restare in piedi. Cammina con un berretto in testa e le mani dietro la schiena, scalcia i sassi dalla strada come faceva da ragazzino, supera il bivio con le indicazioni per il centro sportivo e il supermercato. Si ferma a Campo Antico, dove gli scavi archeologici hanno portato alla luce le tracce di un avamposto romano, beve da una borraccia un sorso d'acqua, si alimenta di uno spazio capace di rasserenare.

Prende appunti su un bloc-notes, misura con passi larghi i confini di un terreno esposto al sole e protetto dallo scirocco. Presenta un'offerta al proprietario, che accetta senza trattare.

Quando dà la notizia a Salvatore, è visibilmente emozionato. Essere proprietario della terra è una responsabilità da non deludere. Studia i metodi dell'agricoltura biologica, prende esempio dagli orti dei suoi nonni e pianta pomodori, capperi, legumi, qualche fico, tre aranci, un pesco. Lavora con costanza, fiero dei primi germogli, occupando la mente, ritrovando se stesso.

Salvatore osserva i turisti scendere dai traghetti con le macchine fotografiche al collo, incuriositi dai racconti su quell'isola di frontiera. La calma relativa permette agli abitanti di riorganizzarsi, di riaprire locali chiusi dall'autunno, ed esporre mercanzie e dolci nelle vetrine.

I prezzi bassi attirano presenze, e il lavoro occupa Salvatore dalla mattina alla sera. Non lo preoccupano i barconi turistici con l'aria condizionata e le guide multilingua, lui studia la mappa con i clienti, propone escursioni personalizzate. Gli piace raccontare la storia della sua isola, aneddoti tramandati da generazioni, promettere una foto con i delfini e una visita al centro di salvaguardia delle tartarughe, vedere l'incanto di fronte a scorci di mare e alle falesie imponenti. Sopporta le signore che gli chiedono se sia fidanzato e ridono sguaiate alle battute dei mariti delle amiche, e i signori che vogliono a tutti i costi andare più vicino a riva o più veloci, abituati alle regole asfissianti delle città, ansiosi di liberarsene almeno in vacanza.

Gli manca stare in barca da solo, andare al largo a cullare i pensieri e diventare un tutt'uno con le correnti e il vento.

Aspetta la fine della stagione, mentre sulla barca, dopo l'ultimo giro del pomeriggio, conta i soldi e li mette da parte per l'inverno.

A casa, Salvatore e suo padre si incontrano stanchi ma sereni. Sono cambiati ogni giorno di una sfumatura, e hanno trovato il modo di essere uno il sostegno dell'altro, ognuno con il proprio ritmo e la propria mancanza.

Ogni lutto e ogni perdita, con il passare del tempo, sfumano in un'ombra che accompagna, ma non importuna.

Giulia c'è. A Punta Caladritta quando tramonta il sole, negli occhi di una ragazza che lo guarda sul molo e nel fiatone dopo una corsa tra i rovi e i sassi. C'è anche nelle lettere dalla busta rosa che con strenuo impeto continuano ad arrivare, seppure a distanza di mesi una dall'altra, senza speranze sottintese, con pensieri sparsi, àncore gettate in spazi sterminati.

E c'è sua madre. Negli spaghetti al pomodoro fresco e basilico che suo padre cucina un giorno sì e uno no, nei vestiti stirati dalla vicina pagata con i prodotti dell'orto, nelle lenzuola fresche di bucato che Salvatore ha imparato a stendere e piegare, negli ultimi centrini che qualche turista soddisfatto torna a cercare. Sua madre, che sarebbe stata orgogliosa di vedere come se la cavano, dell'equilibrio trovato smantellando la vita precedente, dando acqua alle loro radici secche, che salde nella terra riprendono a crescere.

*

Una mattina d'autunno, di ritorno dall'orto di suo padre, con la verdura in un sacchetto di carta, Salvatore decide di entrare nell'ufficio messo a disposizione dal comune per i volontari che durante i primi sbarchi si erano occupati dell'assistenza ai migranti. Ricorda l'impegno suo e di Giulia, la sveglia presto, le riunioni, i sacchi di pasta e le scatole di latte passate di braccia in braccia. L'impossibilità di venire a contatto con le persone che sfilavano con le coperte sulle spalle e gli sguardi spaventati.

Nel locale c'è una scrivania, qualche sedia e delle vecchie locandine della festa di fine estate della Madonna di Porto Salvo. Le associazioni di volontariato giunte dal continente hanno preso in carico gli aiuti, e organizzato in autonomia lavoro e accoglienza.

Salvatore va alla scrivania, apre un quaderno scritto fitto di frasi in italiano e in arabo. Lo sfoglia, incuriosito dalla grafia simile al tracciato di un elettrocardiogramma.

"Salvatore!"

Sentire il suo nome esclamato lo fa sobbalzare. Lascia il quaderno e tira indietro le mani colpevoli.

"Non volevo spaventarti."

Una ragazza con i capelli scuri e un ciuffo che le cade sul viso coprendone metà gli sorride dalla porta.

"Pensavo volessi arrestarmi," dice lui indicando il quaderno e rispondendo al sorriso con un altro sorriso.

"Non ti ricordi di me?"

Salvatore corruga la fronte, la luce abbagliante che proviene da fuori gli impedisce di mettere a fuoco i suoi lineamenti. Fa un passo verso di lei, ma non la riconosce. È familiare, ma non sa il suo nome.

"È grave?" chiede per uscire dall'imbarazzo.

"Comperavi il pane dai miei quando eri piccolo."

Salvatore la osserva meglio. Indossa pantaloncini rosa e una maglietta nera, ha gambe e braccia sottili e abbronzate, le guance piene, l'aspetto di una ragazza in perfetta salute.

"Raffaella?" domanda speranzoso.

"Raffaella è mia sorella. Io sono Alida, la più piccola."

"È vero, Alida. Però non era facile, quant'è che non ci vediamo? Secoli?"

"Dopo che i miei hanno chiuso il negozio, ci siamo trasferiti a Bologna. Non venivo qui da anni."

"Sei qui in vacanza?"

"No, sono sei mesi ormai che vivo nella nostra vecchia casa. Lavoro per il supermercato, tengo la contabilità."

"Cavolo, sei la prima persona che conosco a essere andata via e a essere tornata ancora giovane."

"Qualche volta tornare può essere l'unica via d'uscita." Alida si fa seria, anche se non vorrebbe.

"Hai ragione," ammette Salvatore. "So bene cosa significa."

"Dimmi un po', che ci fai nel nostro quartier generale?" Alida torna a sorridere e a incrociare le braccia.

"Era il *nostro* quartier generale," ribatte Salvatore.

"Be', l'avete abbandonato, e ora è nostro. Mio e di Fedele."

"Siete in tanti."

"Meglio pochi ma buoni. E visto che fai lo spiritoso, ora siamo in tre."

"E chi sarebbe il terzo?"

"Tu!"

"Va bene, ci sto."

"Senza sapere cosa facciamo?"

"Non te l'aspettavi, eh?"

"Pensavo di fregarti."

"Invece..."

"Secondo me cambi idea appena te lo dico."

"Mettimi alla prova."

"Diamo lezioni di italiano ai migranti. In realtà non potremmo farlo, perché non possono uscire dal centro, però andiamo là noi."

"Vi fanno entrare?"

"Sei pazzo? Quello è come un carcere, né più né meno. Andiamo lungo il perimetro, dietro la collina. Abbiamo fatto dei buchi nella rete, portato delle sedie e dei tavolini. Siamo organizzati, mica degli sprovveduti. Allora hai cambiato idea?"

"Per niente. Mi piace molto."

"Perfetto. Ci vediamo qui alle sei e vieni con noi?"

"Affare fatto."

*

Alida e Fedele hanno ventiquattro anni, quattro in più di Salvatore, ma non potrebbero essere più diversi. Lei è mora e ha la pelle degli isolani, colore dell'olio di oliva appena spremuto, che sa di terra e di mare. Fedele, invece, ha i capelli biondi ed è bianchissimo, con chiazze rosse che il sole gli disegna sul corpo come tanti segnali di pericolo. È di Torino, figlio di un immigrato siciliano e di una norvegese innamorata dell'Italia. Abituato a viaggiare, finito per caso sull'isola, ha deciso di restare e di comperare e rimettere a posto una vecchia rimessa per le barche. Due piccoli locali, un bagno e una veranda sul mare, poco fuori dal paese, in perfetta solitudine, come gli piace dire. Si definisce una persona ritirata dal lavoro, uno studioso del bello, che si gode la vita con i soldi che sua madre gli invia di nascosto.

Si sono conosciuti una sera di primavera. Erano le dieci e si sono ritrovati, unici esseri viventi, alle estremità opposte della piazza del paese. Hanno capito che avrebbero dovuto dirsi qualcosa, che non potevano girarsi e tornare indietro, il centro della piazza li chiamava. Si sono urlati i loro nomi, e chiesti le rispettive età, finché dalle finestre qualcuno si è affacciato e li ha spinti ad avvicinarsi. Da allora hanno trascorso diverse sere a discutere sul senso di stare su uno scoglio fuori dal mondo o centro del mondo. Hanno alimentato frustrazioni, esaurito l'entusiasmo della solitudine, e forse ucciso demoni del passato, curato vecchie ferite.

Salvatore, puntuale, li incontra davanti all'ufficio. Non hanno l'aspetto di professori, con calzoncini corti e ciabatte infradito ai piedi. Hanno zaini sulle spalle colmi di dizionari, quaderni e penne. Le presentazioni con Fedele sono rapide, una forte stretta di mano, un'occhiata di sbieco per capire le reciproche intenzioni.

"Sei un pescatore?" gli domanda Fedele con un percettibile accento straniero.

"Non più, ora faccio la guida per i turisti d'estate."

"Ci devi portare a visitare i segreti dell'isola. Da quando sono qui, nessuno me l'ha proposto."

"Se è per questo, neanche adesso ti è stato proposto," interviene Alida, che si incammina. "Dai, che ci stanno aspettando."

"Fa sempre così?" chiede Fedele a Salvatore.

"Se non lo sai tu, io non la conosco." Salvatore allarga le braccia.

"Figurati che non mi ha riconosciuta. Viviamo su quest'isola da quando siamo nati e lui non mi riconosce, ti rendi conto?" Alida prende sottobraccio Fedele.

"Sei nata molto prima di me, siamo di generazioni diverse," ride Salvatore.

"Sei una che passa inosservata," rincara Fedele.

"Ehi, state calmi. Va bene l'allegria, ma qui siamo agli insulti. Tu," dice indicando Salvatore, "hai pressappoco la mia età, ma ne dimostri dieci di più. E tu," dice indicando minacciosa Fedele e staccandosi dal suo braccio, "se non fosse per me, saresti ancora in giro da solo a fare fotografie con l'autoscatto."

C'è un momento di silenzio in cui pare che lo scherzo sia finito male, ma la risata parte poco dopo, forte e decisa e coinvolgente.

"Ti avverto che è permalosa," dice Fedele.

"Cos'hai detto?"

"Niente, niente. Cose da uomini." Fedele fa l'occhiolino e le dà una pacca sul sedere.

Le reti perimetrali del centro hanno il filo spinato, alcune tende sono sparpagliate sulla terra arida, il blocco di tre piani in cemento prefabbricato è freddo e minaccioso, con le finestre troppo piccole e l'aspetto di una galera. Ci sono panni stesi, bambini che giocano per terra, capannelli di uomini. Due militari di guardia fissano le gambe di Alida e ignorano Fedele e Salvatore.

Superano un breve pendio roccioso da cui si vede la pista dell'aeroporto, e appena oltre Alida e Fedele lasciano gli zaini e salutano, a una a una, una ventina di persone che entrano ed escono dal centro attraverso un buco nella rete. Presentano Salvatore, dicono "il nuovo insegnante".

Fedele prende posizione e raduna intorno a tre banchi una quindicina di uomini e di ragazzi, che lo seguono un po' timorosi. Alida chiama a raccolta un altro gruppo, mentre spiega a Salvatore che Fedele insegna italiano a chi già un po' lo conosce, che lei si occupa dei nuovi arrivati e di chi non conosce la lingua, e che lui si occuperà dei più giovani.

"Comincia con le cose più semplici, come salutare, chiedere scusa e dire grazie." Alida lo accompagna a due banchi in disparte, in mezzo a qualche sedia storta e alle lucertole che si rifugiano tra i sassi.

"Non ho mai insegnato, non so se sarò in grado."

"Pensalo come uno scambio. Parla con loro, fatti capire e loro capiranno."

Gli studenti di Alida, disciplinati, occupano sedie o si accomodano per terra. Prendono i quaderni e le penne, restano in attesa dell'inizio della lezione. Poco oltre Fedele sta già parlando fitto a volti interessati che annuiscono e prendono appunti.

Salvatore coglie lo spirito che li anima, il tentativo di essere utili, di accorciare le distanze. Il principio di una rivoluzione composta di conoscenza e quindi di possibilità. Pensieri che lo distraggono, finché una mano gli tira la maglietta e un bambino cerca la sua attenzione. Salvatore si azzarda a dargli sette anni al massimo, la sua pelle è nerissima, i capelli sono una folta massa di riccioli e la richiesta semplice, fatta di gesti e sguardi.

Capire e assentire alla richiesta è come abbattere un muro di cartone. Salvatore si siede con lui, indica agli altri ragazzini che li attorniano di mettersi in cerchio.

Sorride e capisce che lo scambio è reale, perché i sorrisi girano nel cerchio e lo chiudono. Scandisce ad alta voce il suo nome e lo sente ripetere di bocca in bocca. Poi ascolta i nomi dei ragazzi e tocca a lui ripeterli.

Le mani si muovono sul corpo, interpretano suoni, rendono lo spazio e la terra su cui sono seduti liberi da confini.

La lezione trascorre rapida e divertente. Salvatore lì per lì non se ne accorge, ma se ne accorgerà, che per la prima volta l'ansia e il dolore che hanno segnato gli ultimi lunghi mesi sono stati intaccati dalla consapevolezza di ciò che lo circonda.

Alida e Fedele si stringono attorno a lui, chiedono: "Allora? Allora? Com'è andata?".

Il loro entusiasmo è il suo. Come percorsi dalla stessa corrente, deviano verso la spiaggia, lasciano gli zaini nella sabbia, si spogliano e si buttano nell'acqua.

Le cose cambiano, sono vortici in cui bisogna lasciarsi andare. Salvatore sembra un altro, ma non lo è, mentre nuota al largo e scambia nuovi sguardi. L'autunno ruba luce al giorno, il mare è piatto e rassicurante, e domani non è più solo un altro giorno.

*

Entrano nell'inverno senza nemmeno accorgersene. Presi da conoscenze che richiedono tempo, da un impegno nato per gioco. I loro studenti aumentano di giorno in giorno, alcuni vengono trasferiti e ne arrivano altri, in un viavai che alimenta partecipazione, tra addii, nuovi visi e nomi da ricordare. All'inizio delle lezioni chiacchiere e schiamazzi si interrompono, e decine di occhi attenti seguono le parole dei tre insegnanti improvvisati. La voglia di trasmettere e di imparare porta miglioramenti che riempiono di soddisfazione. Il tempo non è molto, ma semplici frasi e domande rendono la comunicazione più immediata.

Dopo le lezioni spesso mangiano insieme, alla sera vedono un film e ne discutono fino a tardi. Trovano nella condivisione ciò che stanno cercando, desiderosi di coltivare un'amicizia che li possa scaldare.

Fedele trascorre molto tempo con una ragazza somala, Jamila, dagli occhi neri e i lineamenti dolci, di cui dice di essere amico, ma di cui si innamora scoprendo poco alla volta la sua storia. Orfana di padre e di madre, proveniente da un villaggio raso al suolo da uno dei gruppi militari che si scontrano nella guerra civile del suo paese, reduce da un viaggio impossibile eppure reale e narrato senza enfasi né indignazione.

Assorbe da Fedele ogni parola che le sussurra, se la fa ripetere in norvegese e in inglese, utilizza i mezzi a disposizione per costruire un modo di stare insieme. In un mondo normale Fedele e Jamila andrebbero a visitare Roma, scatterebbero foto dei loro sorrisi e dei loro baci, si terrebbero per mano e dormirebbero nello stesso letto. Avrebbero la possibilità di stancarsi, di lasciarsi di loro volontà.

Una sera, con la complicità di una guardia, Fedele porta Jamila a casa sua. Organizza una cena con Alida e Salvatore, cucina un risotto alla marinara su ricetta di un amico ristoratore e prepara una cassata degna delle migliori pasticcerie.

La luce del tramonto pittura di rosa le pareti della vecchia rimessa delle barche. Nei loro visi sorrisi ed espressioni si animano di ombre e luci. La musica dei Doors li culla in un altrove che può esistere solo lì, in quel preciso momento.

Una bottiglia di Regaleali finisce in fretta e un'altra viene stappata. La tensione si allenta, la timidezza che ha portato Fedele a chiedere ai suoi amici di essere presenti per il timore di creare situazioni imbarazzanti o inopportune si scioglie in un'intimità sensuale.

Jamila tiene tra le sue la mano del ragazzo italo-norvegese che mai avrebbe immaginato di incontrare. Bianco come un fantasma, con la pelle morbida e la voce straniera melodiosa. Racconta dello zio che l'ha cresciuta, dei fratelli che non vede da anni, bisbiglia a Fedele una frase che non riesce a completare e ride con gusto nello scoprire suoni simili in significati tanto differenti.

Quando si alzano per andare nella stanza di Fedele e restare da soli, non ci sono richieste né tentennamenti, ma passi leggeri e un'emozione che contagia gli sguardi di Alida e Salvatore. Le ombre proiettate dalle candele e un altro bicchiere di vino li accompagnano nella notte, con il ritmo delle onde sul bagnasciuga, il ronzio del frigorifero, i sussurri attutiti di un amore finalmente allo scoperto.

Alida e Salvatore escono nell'aria fresca e si incamminano verso le loro case. Sanno di stare pensando la stessa cosa, di essere stati spettatori di una piccola magia, di un incontro fortunato, di un esempio di ciò che significa essere liberi.

*

Alida un pomeriggio lo accompagna nell'orto. Il sole è velato da nuvole sfilacciate, il solito vento che spazza l'altipiano è una brezza inoffensiva.

"Non parliamo molto, noi due," dice Alida, che indossa una gonna nera sotto il ginocchio e degli stivaletti scamosciati.

"Ma se parliamo sempre!" Salvatore si ferma in cima alla salita per osservare il panorama.

"Io e te, da soli, quasi mai," replica Alida, che incrocia le braccia al petto.

Salvatore si volta e la guarda.

"Sembri una fidanzata insofferente."

"Voglio parlare con te."

"Parliamo."

"Non così."

"E allora come?"

"In maniera spontanea! Uff... hai rovinato tutto." Alida riprende a camminare.

"Aspetta, l'orto di mio padre è di là." Salvatore la insegue, le indica l'altro sentiero.

"Io vado di qua," risponde lei senza girarsi.

Salvatore si ferma con le mani sui fianchi, la osserva scomparire dietro le gobbe del terreno. Scuote la testa e prosegue verso l'orto.

Quando ritorna al bivio, con un sacchetto colmo di verdura, si chiede se lei sia già rientrata al paese. Poco oltre il sentiero si ricongiunge con la strada principale e continua dall'altro lato con la scorciatoia per il cimitero.

Alida è là, seduta su un masso, all'ombra di uno dei pochi pini d'Aleppo rimasti sull'isola. Il cimitero è un rettangolo recintato da muretti di pietre a secco, con un arco all'ingresso chiuso da un cancello di ferro battuto.

"A volte sei proprio strana," le dice Salvatore, che le arriva alle spalle, ma non riesce nell'intento di spaventarla.

"Ti ho sentito camminare."

"Sei arrabbiata?"

"Ti stavo aspettando. Sapevo che saresti venuto."

"Sono stato molto indeciso."

"Però sei qui."

Salvatore si siede accanto a lei. Il mare sotto di loro è agitato e si infrange contro gli scogli, spumeggia, mostra spavaldo la sua forza. "Là," indica un punto oltre l'insenatura. "È dove li abbiamo trovati."

Alida sa di cosa sta parlando, chiunque viva sull'isola conosce la storia.

"Me lo ricordo come se fosse ieri."

Alida gli prende la mano e gliela stringe. Salvatore la guarda, e per un momento gli sembra Giulia, con la stessa espressione e gli stessi sentimenti.

"Eri con Giulia?" gli domanda, leggendo nei suoi pensieri.

"Sì. La conosci?"

"So che è la tua ragazza."

"Lo era," ammette Salvatore senza soffermarsi sulle implicazioni di quella presa di coscienza.

"Davvero? Tutti credevano foste la coppia perfetta."

"Tutti chi?"

"Quando eravamo piccoli, anche noi ragazzini più grandi vi osservavamo e vi invidiavamo. Sembrava che aveste scoperto qualcosa che ci era negato. Noi ancora giocavamo e voi eravate sempre insieme, mano nella mano." Alida sorride. "Poi sono partita e non vi ho più visti, ma pensavo che la lontananza potesse essere il segreto."

Salvatore non vorrebbe parlarne, guarda la sabbia per terra trasportata dal vento, gli aghi dei pini seccati al sole.

"Abbiamo combattuto con la lontananza fin dall'inizio e

abbiamo perso. Ma dimmi di te, non so quasi nulla della tua vita bolognese."

Alida alza gli occhi all'orizzonte.

"Ho fatto tanti errori e sono tornata per impedirmi di farne altri." Preme i palmi delle mani sulla roccia e incrocia le caviglie. "A diciotto anni non sopportavo più i miei genitori, ho incontrato un uomo, mi sono innamorata e sono andata a vivere con lui. Ho abbandonato l'università credendo di fare un dispetto al mondo, mentre l'unica a cui stavo facendo un dispetto ero io." Alida usa un tono neutro che riassume la sua delusione.

"Ho lavorato in un'impresa di pulizie, spaccandomi la schiena nelle palazzine di uffici delle zone industriali. Prendevo l'autobus all'alba e rientravo la sera. Non mi accorgevo di stare con una sanguisuga che trascorreva le giornate sul divano e mi raccontava di falsi colloqui e appuntamenti andati male. Finché, un giorno, mi sono dimenticata di compergli la birra e mi ha tirato un pugno in faccia."

"Accidenti," esclama Salvatore, che allunga le dita per asciugarle una lacrima sulla punta del naso.

"Comunque l'ho denunciato."

"Dev'essere stata dura."

"È allora che ho deciso di tornare a casa, sulla nostra isola. Il proprietario del supermercato cercava qualcuno che gli tenesse la contabilità, non ci ho pensato due volte. È stata la migliore scelta che potessi fare. Ho incontrato Fedele, e ho incontrato te."

Alida indica il cimitero alle loro spalle.

"Ti va di andare a trovarla con me?"

Salvatore annuisce, strattonato dai ricordi, da un'emozione che vorrebbe non lo travolgesse, ma a cui non può opporre alcuna resistenza.

Si sentono fragili, anch'essi naufraghi, mentre si tendono la mano per scavalcare il muretto e si dirigono alla lapide.

"Era la migliore mamma che potessi avere," dice Salvatore leggendo il nome da nubile di sua madre, l'intervallo di tempo della sua vita. "È stata felice con mio padre. Erano insieme da sempre, erano ciò che io e..." Salvatore si interrompe.

"Giulia," continua Alida.

"Potevamo essere."

*

Tra i primi clienti della nuova stagione turistica c'è una famiglia che si presenta al porto da Salvatore vestita di tutto punto, con l'aria di non essere mai stata in mare aperto. Padre e madre hanno circa quarant'anni, lui è rosso di capelli, pettinati con la riga da una parte, e ha una carnagione così bianca che riflette il sole. Lei ha un grande cappello di paglia e un abito lungo fino ai piedi che le toglie ogni forma e la fa somigliare a un frigorifero.

I due figli maschi hanno più o meno dieci anni e piagnucolano richieste di attenzione.

Nello spazio ristretto dello scafo, parole, richiami e concessioni. Salvatore immagina i due genitori occupati tutto l'anno in professioni ultraqualificate, tra uffici e riunioni, che lasciano i figli a scuole, strutture sportive, babysitter, per incontrarli a sera per il bacio della buonanotte.

"Si muore di caldo. Non può andare più veloce?" domanda la donna, che, con il suo abito nero, attira tutta la gamma di raggi solari.

"Questa è la velocità consentita," risponde Salvatore, che non ha voglia di spiegare normative e regolamenti, e conduce la barca fuori dal porto con il motore al minimo.

"Per fortuna a Roma si sono svegliati e hanno mandato i rinforzi," dice il marito, che con scarsa agilità si alza per fare il saluto militare a dei soldati stravaccati sul molo a fare colazione.

"Stia seduto, per cortesia," dice Salvatore, che dà gas per uscire dai cerchi delle onde provocate da una motovedetta di ritorno da una perlustrazione.

"Sa, sono capitano in congedo. E capitani si resta per sempre." L'uomo dà un buffetto ai due figli. "Un giorno difenderete anche voi l'Italia come quei ragazzi."

I bambini annuiscono con la bocca piena e la crema dei cannoli sulle labbra.

"Spareremo alle persone cattive, papà?"

"Solo se necessario."

"Ta-ta-ta-ta-ta-ta." I due bambini imitano il suono di un mitra. I genitori guardano il mare, forse pentiti di trovarsi in balia di un moto incontrollabile.

Salvatore circumnaviga Punta Sottile, mostra alla famigliola Cala Creta e Cala Calandra, e osserva con dispiacere i battelli turistici fermi di fronte alla Grotta del vulcano, con decine di persone che si tuffano e la invadono. Il calo delle presenze ha indotto le aziende del continente a non rispettare l'accordo di tutela della grotta e a inserirne le immagini nei dépliant pubblicitari. Ricorda la gita con suo padre, l'invito a lui e a Giulia di aver cura di quel luogo fragile.

"Là cosa c'è?" domanda la donna.

"Una grotta che non si dovrebbe visitare," risponde Salvatore.

"E perché loro possono?"

"Perché le parole per molti non contano."

"Anche noi. Mamma, andiamo anche noi!"

"Il ragazzo ha detto di no."

"Ma noi vogliamo andare."

La madre guarda il padre, lo costringe a intervenire.

"Senta, non può fare uno strappo alla regola? Per i bambini." L'uomo si alza, cerca di sistemare la riga dei capelli spettinati dal vento.

“Mi dispiace, non è possibile. Poco più avanti ci sono altre bellissime grotte, ci fermiamo lì a fare il bagno. C’è un mare cristallino.”

“Noi vogliamo andare dove c’è la gente,” insistono i bambini all’unisono, in una prova di forza che, oltre a includere i genitori, ora coinvolge anche Salvatore.

“Le do una bella mancia,” dice l’uomo, poggiando una mano sulla spalla di Salvatore.

“Non è una questione di soldi, la prego di non insistere,” replica Salvatore, per un attimo intenzionato a fare dietrofront, rientrare al porto e rimborsare il costo della gita. Ma i soldi scarseggiano e, nonostante lo neghi a se stesso, non può farne a meno.

Ripensa alle giornate di pesca, al silenzio, alla fatica, certo, ma anche all’assenza di compromessi e di persone che non vorrebbe incontrare.

“Dai, dai, dai!” I bambini battono i piedi sul legno, strattonano la madre, supplicano il padre, che si inginocchia davanti a loro.

“Vi faccio una proposta: visto che il ragazzo non ci vuole portare, domani noi prendiamo il battello e andiamo con tutti gli altri alla grotta. Va bene?”

I bambini lo guardano, valutano l’offerta, capiscono di avere vinto comunque, e accettano la resa dei genitori chiedendo alla madre un altro cannolo.

“Scriverò una recensione negativa su internet,” dice il padre rivolto alla moglie, che, con un sorriso finalmente aperto, conferma: “È l’unica cosa che si può fare. E poi la barca non mi sembra nemmeno tanto sicura”.

Salvatore spegne il motore, getta l’ancora a qualche metro dall’ingresso di una grotta circondata da faraglioni dalle forme fantastiche di animali preistorici, sovrastata dalle stratificazioni colorate della scogliera, e dice con tono neutro che se vogliono possono fare il bagno, che con maschera e boccaglio si possono vedere tanti pesci.

La famiglia rimane in costume, mostra con qualche indugio i corpi pesanti, spalma creme solari su schiene e pance, meravigliata dai colori turchesi del mare. Non si tuffano, si calano dalle sponde poco alla volta, rabbrividendo, abituati all'acqua calda della doccia.

Il tempo peggiora, nuvole nere si ammassano a ovest, il mare comincia a diventare nervoso. I quattro, risaliti in barca e avvolti in asciugamani e accappatoi, paiono indifesi e meno sicuri. Salvatore toglie l'ancora e consiglia il rientro. Moglie e marito accolgono la fine della gita con sollievo.

All'altezza di Punta Caladritta il vento fresco del mare aperto viene loro incontro. I due bambini si sporgono sul fianco sinistro all'improvviso, fanno inclinare la barca e spaventare i genitori.

"Guarda, papà, gli stranieri!" esclamano, con le braccia a indicare un gommone giallo che si avvicina velocemente.

A un centinaio di metri dalla barca di Salvatore, il gommone si ferma e due uomini spingono in acqua gli altri, chi si rifiuta di buttarsi viene bastonato e minacciato, scaraventato in mare come un sacco. Una quindicina di persone annaspa tra i flutti, mentre il gommone inverte la rotta e si allontana al massimo della velocità.

"Cosa fa?" urlano moglie e marito a Salvatore, che cambia direzione e cerca di raggiungere gli uomini prima che sia troppo tardi.

Riecco il ragazzino che rotola sul bagnasciuga, Giulia che corre a chiamare aiuto, i morti, lui e suo padre che trascinano verso riva un barcone, uomini e donne che li ringraziano e chiedono se siano arrivati in Italia.

Salvatore compone il numero della capitaneria di porto. I bambini urlano terrorizzati, non fanno più "ta-ta-ta-ta-ta", hanno solo paura della paura dei genitori.

"Mi dia una mano," ordina Salvatore al padre, rintanato con la sua famiglia a poppa. La pelle scottata dal sole è rossa come i capelli.

Salvatore allunga le braccia e tira a bordo due ragazzi. Il padre prende il timone e porta la barca vicino agli altri naufraghi, che urlano incomprensibili richieste d'aiuto.

"Più piano!" grida Salvatore.

"Non dovresti farlo," dice la moglie al marito. "Non è compito nostro. I soccorsi stanno arrivando."

Salvatore si alza di scatto, le si pone di fronte, non c'è molto tempo per dirle quello che le deve dire e lo fa senza prendere aria: "Mi stia a sentire, molti di questi uomini non sanno nuotare, se aspettassimo i soccorsi morirebbero. Stia certa che se non dovessimo starci tutti, la prima a essere buttata in acqua sarà lei".

"Come si permette?" interviene il marito, obbligato a difenderla.

"Stia zitto! E guardi quello che sta facendo," gli intima Salvatore.

In pochi minuti caricano dodici persone, tutti uomini e ragazzi dalla pelle nera e lucida. Salvatore parla in inglese, ma i migranti che si affollano intorno a lui non capiscono. Allora prova a dire in arabo qualche parola imparata dai suoi studenti. Vuole sapere se c'era qualcun altro a bordo, gli uomini si contano toccandosi l'un l'altro e alla fine scuotono la testa.

La barca sovraccarica si sposta lentamente sulle onde che si ingrossano. La famigliola stipata insieme ai migranti ha perso ogni espressione dal viso. Percepisce il pericolo del peso eccessivo, della forza delle onde, di un viaggio di qualche centinaio di metri, senza poter immaginare un viaggio di centinaia di chilometri.

La motovedetta li scorta in porto. Decine di turisti osservano la scena dai bar, i pescatori indicano Salvatore. Sul molo, prima di scendere ed essere presi in consegna dai soccorsi, i migranti stringono le mani di chi li ha salvati e danno una carezza ai bambini.

La capitaneria raccoglie le testimonianze, stende un verbale, unisce i nomi di Salvatore e della famigliola sullo stesso foglio. Partecipi di un'esperienza capace di far cambiare idea, di smentire ciò che viene detto, superato dalla realtà, dalla comprensione che per molti attraversare il Mediterraneo è vivere o morire.

*

Jamila viene imbarcata su un traghetto di notte, con altre centinaia di persone, e fatta sparire nel buio per non spaventare i turisti e i bambini. Inviata in Puglia o forse al Nord.

Il centro di accoglienza è pieno oltre la capienza massima e la situazione peggiora velocemente. I migranti mandati negli altri centri del continente vengono sostituiti dai nuovi venuti, sempre più numerosi, spinti da nuove guerre contro una barriera fatta di rete e filo spinato. Le proteste per le condizioni disumane vengono sedate dalla polizia, le associazioni umanitarie faticano a portare il loro aiuto.

Sull'isola regna una quiete che fa chiudere le imposte e serrare le porte con serrature finora inutilizzate. Gli isolani tornano in uno stato di torpore malinconico.

"Quella cos'è?" urla Alida a Fedele e Salvatore, a Cala Croce, al termine di una lezione.

In lontananza si delinea una montagna di lamiera grigia.

"Sembra una nave da guerra," dice Fedele, troppo piano perché lei possa sentirlo.

Alida esce dall'acqua, si copre con un asciugamano, trema e batte i denti.

L'enormità della massa li atterrisce, i buchi neri dei cannoni, i radar che girano e cercano con prepotenza sembrano avercela con loro.

"Dobbiamo fare qualcosa." Salvatore tira un sasso che salta sull'acqua sei volte prima di perdere velocità e scomparire.

"Insegnare l'italiano è la nostra arma," dice Alida.

"Guardatela." Fedele indica la nave. "Secondo me vogliono speronare l'isola, e affondarci per risolvere il problema una volta per tutte." Fruga nello zaino, tira fuori un quaderno che contiene delle foto. "Me le ha date Jamila, prima che venisse portata via."

Salvatore e Alida osservano le immagini che mostrano una realtà del centro a loro sconosciuta. Trenta, forse quaranta persone ammassate in una stanza con le sbarre alle finestre, impianti idraulici intasati e latrine colme di escrementi.

Quando Fedele, Salvatore e Alida pubblicano le foto su internet, un'ondata di indignazione parte dall'isola e sommerge la nazione.

La compressione all'interno dei centri di accoglienza cresce a dismisura, pare che ogni prigioniero abbia incrementato la capacità della cassa toracica e che i respiri siano solo lunghi sospiri.

*

L'isola è la notizia di apertura dei telegiornali ed è in prima pagina su tutti i quotidiani.

Il padre di Salvatore è in cucina e prepara il caffè. Sono le dieci del mattino, sullo schermo del televisore il governo mostra i muscoli, fa proclami sulla difesa imprescindibile dei confini della patria. Ci sono facce dure e tirate, si sentono imprecazioni, i soliti appelli all'Europa. I centri di identificazione ed espulsione somigliano a campi di concentramento, dove i più elementari diritti vengono negati.

E poi c'è una parola nuova, la stupida ripicca di uomini senza cuore né cervello. Ripetuta e sezionata, ben descritta dall'odio che contiene.

Respingimenti.

Respingere i barconi in acque internazionali, una procedura semplice con effetti immediati. L'incarcerazione, la tortura, lo sfruttamento, senza alcuna tutela, dei migranti nei paesi di partenza.

Salvatore trova suo padre seduto al tavolo del soggiorno, con i pugni stretti, la moka fumante e due tazzine impilate.

"Dobbiamo andare," dice al figlio senza guardarlo.

"Dove?"

"Fuori. Non saremo soli, vedrai."

Al porto gli abitanti dell'isola sono stretti uno accanto all'altro. Vogliono mostrare una compattezza che non avevano da anni, far sentire la loro voce, riappropriarsi della terra e del mare, essere liberi di aprire le braccia e accogliere. Spiegare che un paese che si scorda di essere stato un popolo migrante non ha futuro né passato.

Al calare del sole, è finalmente chiaro a tutti che gli abitanti non se ne andranno, che non lasceranno libero il passaggio e formeranno una catena impossibile da spezzare.

I collegamenti fra il porto e il centro di identificazione ed espulsione sono interrotti, militari e polizia guardano gli anziani seduti sulle sedie in mezzo alla strada e i bambini giocare a nascondino tra la folla.

Viene chiesto l'intervento del sindaco, lo chiamano a casa e al cellulare, ma anche lui è in prima fila, con la fascia tricolore.

I reporter stanno ai margini della scena, filmano i poliziotti in assetto antisommossa che posizionano transenne all'ingresso del porto e stabiliscono nuovi confini.

La notte è fresca, si mangiano panini, pastasciutte in piatti di plastica, calamari fritti offerti dai ristoranti. Chi abita lontano utilizza i bagni delle case affacciate sulla piazza e torna al suo posto. Ci sono coperte e materassini di fortuna per chi vuole stendersi e riposare.

"Possiamo farcela," dicono Fedele e Salvatore, dopo aver

visto al telegiornale le immagini del paese filmate da un elicottero.

"Resteremo finché non cambieranno idea," dice Alida, sdraiata e con la testa sulle gambe di Salvatore.

"Non ce ne andremo mai," le voci si moltiplicano, raggiungono l'alba, il sole, e formano un'onda senza risacca.

La polizia manda dei mediatori, due uomini in borghese, coperti alle spalle da ragazzi in divisa che come cani antidroga annusano l'aria e individuano il nemico.

Ci sono armi spianate, grilletti pronti, come se mediare significasse minacciare, come se gli isolani fossero pericolosi e nascondessero bombe sotto i maglioni o le gonne.

Ci sono saluti formali con il sindaco, circondato da volti assonnati, ma attenti.

"Dovete lasciare libero il passaggio. Dobbiamo garantire i cambi, il pattugliamento delle coste, portare i rifornimenti al CIE." Uno dei due uomini in borghese parla con un accento romano, ha i baffi e solleva il sopracciglio destro.

"Avete ottenuto l'attenzione che volevate. La stampa vi ha filmato. Vi abbiamo lasciato qui tutta la notte. Ora lasciateci lavorare." L'altro uomo prende la parola, sfrega la suola degli anfibi sull'asfalto, guarda la gente davanti a sé senza davvero guardarla.

Fedele si fa avanti, dice: "Vogliamo parlare con il ministro".

Salvatore gli è accanto: "I respingimenti devono cessare, il sovraffollamento del centro deve essere risolto subito. Queste sono le condizioni per passare".

Ci sono applausi e consensi che danno coraggio.

"Dica ai suoi ragazzi di stare calmi." I due uomini in borghese ignorano le voci, fissano ostinatamente il sindaco.

"Le diamo un'ora, poi dovremo sfondare e liberare la strada. Cerchi di essere più convincente."

I poliziotti formano linee uniformi, hanno manganelli,

fucili con lacrimogeni e proiettili di gomma. Sbattono sull'asfalto gli scudi, provocano un rumore assordante.

Il sindaco prende un megafono e chiede alla gente di lasciare passare i mezzi militari, di interrompere la protesta. I fischi lo zittiscono, gli impediscono di continuare, di dare una spiegazione che non interessa.

Il coro "Mai più respingimenti! Noi siamo gli isolani, voi gli stranieri" viene cantato all'unisono, una voce sola a rinsaldare incoscienza e paura.

Le linee della polizia sembrano infinite, gli uomini grandi il doppio, gli sguardi cupi. Le transenne vengono spostate, non c'è più niente che divida le braccia alzate degli isolani dagli scudi e dai manganelli dei poliziotti.

Nessuno, nemmeno ora, crede che la polizia li attaccherà e li colpirà. Ci sono anziani e ragazzini, donne incinte e uomini immobili e disarmati, la cui unica colpa è di essersi ritrovati uniti, di aver riscoperto valori nascosti troppo a lungo.

Invece un urlo animalesco dà il via a un'insensata carneficina. I muscoli dei poliziotti sono tirati al massimo dello sforzo mentre con il manganello aprono una ferita sul volto di un pescatore di sessantaquattro anni, tirano pugni alla maestra elementare, rompono la gamba al figlio del lattaio, e dalle retrovie sparano lacrimogeni per avanzare e conquistare. Chi resiste viene spazzato via, steso a terra, tra sangue e pianti disperati.

Gli isolani si disperdono nella piazza, qualcuno lancia un sasso e colpisce il casco e la divisa imbottita di un poliziotto. Altri si difendono come possono.

Un grido riecheggia dalle strade laterali, dalle finestre, e dai balconi: "Vergogna! Assassini!".

Fedele, Alida e Salvatore riformano un gruppo compatto con chi è rimasto. Si coprono il viso con dei fazzoletti per proteggersi dal fumo dei lacrimogeni, sanno che un altro attacco li vedrà soccombere.

Se è insensato aspettare di essere massacrati, lo è ancora di più restare sul divano a guardare le immagini di chi è annegato per sfuggire alla fame e raggiungere la libertà.

I poliziotti si riorganizzano, sordi agli insulti dei mariti e delle mogli dei feriti, ciechi di fronte ai fotografi delle agenzie di stampa e agli inviati stranieri asserragliati nei portoni. Il suono degli scudi, sbattuti ritmicamente a terra, ricomincia sinistro e spettrale.

Ora tutti sanno che essere innocenti non ha importanza, che essere inoffensivi non dà nessuna garanzia di salvezza, e che per sopravvivere bisogna combattere.

Il padre di Salvatore ha un occhio nero e zoppica reggendosi alla parete di una casa fatiscente con le porte sprangate. Alida lo vede e lo indica a Salvatore un attimo prima che un poliziotto lo colpisca alla schiena e lo atterri.

L'urlo di Salvatore è senza voce, coincide con il boato del nuovo attacco della polizia e con un altro grido, disunito e selvaggio, proveniente dalla strada che porta al CIE.

I clandestini, gli uomini neri venuti dal mare, che non hanno nulla da perdere, invadono la piazza con le scarpe rotte e i piedi nudi.

Disarmati si oppongono alla carica a braccia incrociate e schiene dritte. Assorbono l'urto, e quando uno cede altri dieci sono pronti a sostituirlo. Più di un migliaio di persone sono fuggite dal centro e si sono unite alle proteste degli isolani, fondendosi in un'unica idea di giustizia. I poliziotti, confusi, restano con i manganelli a mezz'aria, smarriscono la foga che li spinge a picchiare e stare dalla parte del più forte. Il campo di battaglia torna silenzioso, finché, senza voltarsi, i poliziotti cominciano a retrocedere verso il porto.

Un applauso spontaneo parte da un angolo della piazza e contagia uomini e donne, che si guardano in faccia consapevoli di ciò che è successo. Di fronte alla violenza le richieste degli isolani si sciolgono come sale sotto la pioggia, superati i limiti non c'è nient'altro.

Salvatore soccorre suo padre e lo accompagna a casa. Lo aiuta a spogliarsi, gli disinfetta le escoriazioni, vede gli ematomi che si allargano.

"Ci abbiamo provato," dice suo padre in un rantolo che si insinua nel respiro corto.

"Devi andare dal medico."

"Non ti preoccupare. Sono ancora un osso duro. Le ferite si rimargineranno, ma chi ci libererà da questa violenza e da questo Stato indegno?" Una domanda che resta impigliata nei volti dei feriti, nei detriti e nelle facciate delle case sporche di sangue. "Devi andartene da qui," aggiunge, prima di cadere in un sonno difficile.

Salvatore si stende al suo fianco, ne ascolta i lamenti e ricorda quanto fosse bello, da bambino, dormire tra suo padre e sua madre dopo aver fatto un brutto sogno.

*

Manifestazioni spontanee di protesta nascono nelle piazze di Roma e delle grandi città. Dalla comunità internazionale si solleva un coro di voci indignate. La Corte europea apre una procedura di infrazione contro l'Italia per i respingimenti e la violazione dei diritti dell'uomo.

Il governo dichiara lo stato di emergenza, aumenta il numero di uomini e mezzi militari sull'isola. Il centro di identificazione ed espulsione diventa inaccessibile.

Fedele chiude la vecchia rimessa delle barche, si mette sulle spalle un grosso zaino da campeggiatore. La notizia della rivolta in un centro di identificazione in Puglia e della fuga di molti migranti lo ha convinto a partire per cercare Jamila. Alida e Salvatore lo accompagnano al porto.

"Non fare pazzie," gli dice Alida.

"La trovo e torno. Promesso." Fedele consegna il biglietto all'impiegato della compagnia di navigazione, si avvia sulla scaletta, poi si volta e dice: “A proposito, state bene insieme”.

Salvatore e Alida arrossiscono, mentre la sirena del traghetto li sovrasta e li obbliga a tapparsi le orecchie.

“Andiamo,” dice lei.

“Dove?”

“A salutarlo come si deve.”

Lo tira per un braccio, cammina veloce un passo avanti a lui. Escono dal paese con il motorino di Alida e deviano verso l'altipiano sulla strada per Punta Caladritta.

Salvatore le tocca un fianco, le chiede di fermarsi.

“Di lì no,” dice, affondando i piedi nella ghiaia.

“Perché?” domanda stupita.

“Andiamo al faro.”

“Punta Caladritta è meglio,” insiste Alida.

“Non voglio andarci.”

“È per tua mamma?”

“Anche.”

“Per Giulia?”

“Forse.”

“Ci sono io. Fidati.”

“No.” Un no perentorio, pronunciato con una serietà che allontana e crea vuoto. Salvatore scende dal motorino e si incammina verso il paese con le mani in tasca.

Alida non sa cosa fare, ma decide in fretta, mette il cavalletto al motorino e lo insegue. Gli si para di fronte, lo ferma con una mano aperta sul petto.

“Scusami, non volevo insistere,” dice con i capelli che le vanno sul viso e che soffia via con la bocca. “Anch'io voglio dimenticare il passato.”

Salvatore si scansa: “Io non voglio dimenticare”.

Alida scuote la testa, lo supera ancora, e ancora lo blocca con una mano sul petto.

"Ok, io voglio dimenticare, e tu no. Ma entrambi siamo soli. Questo è il presente."

"Cosa vuoi?" le chiede brusco, pentendosene all'istante.

"Starti vicina," risponde lei, con occhi limpidi e braccia alzate, pronta come tutti gli isolani a farsi colpire o abbracciare.

Salvatore la riconosce, anche lei ha le sue stesse radici, si alimenta delle stesse sensazioni, e il vento che soffia forte lo spinge verso di lei. Un vento che fischia nelle orecchie, che da millenni spazza l'isola e ne rinnova la vita, che conosce ogni passato e non lo dimentica.

*

L'isola sparisce dalle notizie, e sembra sparire per davvero.

Salvatore va al porto e resta in attesa dei pochi turisti. Suo padre zoppica, ma ha ripreso a curare l'orto e a portare a casa pere e melagrane sugosissime. Il supermercato dove lavora Alida a ottobre chiude e lei perde il lavoro.

L'assenza di orizzonte, la convinzione che non ci sia altro da fare che andarsene diventa un pensiero costante, solido quanto una speranza.

"Ho un cugino a Milano," dice Alida, seduta su una delle panchine che contornano la piazza del paese.

"Milano è brutta. Io ci sono stato," dice Salvatore.

"Anch'io ci sono stata, cosa credi?"

"Sei nervosa?"

"Mi interrompi. Sto cercando di dirti una cosa."

"Dimmi."

"Come faccio a dirtela, adesso? Hai rovinato tutto un'altra volta."

"Te l'ho già detto che a volte sei strana?"

"E io te l'ho già detto che a volte sei stronzo?"
"Mi sa che aveva ragione Fedele."
"Riguardo a cosa?"
"Che sei permalosa."
"Non è vero."
"Appunto."
Alida sbuffa, carica aria e la espelle dal naso, dice: "Continuiamo a guardare il mare. Tanto non abbiamo altro da fare. E, per inciso, a me Milano è piaciuta".
"Va bene."
"Non usare quel tono con me."
"Sei esasperante. Se non mi dici di questo tuo cugino milanese, me ne vado."
"Un attimo. Possiamo stare in silenzio qualche secondo?"
"Devi ricreare l'atmosfera che io ho rovinato?"
"Esatto."
Salvatore la osserva giocare con il ghiaccio di una granita in un bicchiere di plastica. La brezza che proviene dal porto è carica degli odori del pesce lavorato al sole. Una coppia di anziani, probabilmente tedeschi in visita fuori stagione, gli mostra il dépliant di un hotel per avere indicazioni. Mentre si alza e a gesti spiega al marito le svolte che devono prendere, Salvatore collega Milano e Giulia, e crede di sapere cosa stia per dire Alida. Quando si risiede sente la paura avvolgergli lo stomaco.
"Allora?" le dice accavallando le gambe, incrociando le braccia, sommando atteggiamenti di difesa.
"Ho pensato a tutto." Alida è concentrata sul viso di Salvatore. "Sono stata ore al telefono con Matteo, ho fatto combaciare tutti i pezzi del puzzle. E ti giuro che ho provato a creare un'alternativa che non ti comprendesse, diciamo una via di fuga, ma non ci sto con i costi."
"Chi è Matteo?" chiede Salvatore, perso nelle vie di Milano innevate, con la mano aperta senza la mano di Giulia a stringerla.

“Mio cugino. Gli ho inviato il mio curriculum e, tramite un amico che ha buone conoscenze, è riuscito a trovarmi lavoro. Una sostituzione maternità nell’ufficio amministrativo di una specie di centro commerciale. Non è a tempo indeterminato, ma la paga è buona per cominciare. Poi, se va bene, posso anche essere assunta.”

“Così te ne vai?” Salvatore si volta per controllare che i due tedeschi non sbaglino strada, rilassa i muscoli contratti.

“Aspetta, ora viene il bello. Per il bilocale che divideremo ho già versato la caparra, costa ottocento euro al mese più le spese.”

“È una battuta?” Salvatore guarda Alida e scopre finalmente l’entusiasmo sul suo viso, la decompressione di quella che doveva essere una grande sorpresa.

“Matteo lavora in proprio e ha bisogno di un aiuto.”

“Non ci pensare neanche.”

“Salvatore, siamo qui tutto il tempo a dire che l’isola è perduta, che fanno bene quelli che se ne vanno, che non c’è più speranza, e davanti a una vera occasione per ricominciare ti tiri indietro?”

“A Milano non vengo.”

“È per Giulia?”

“Smettila di tirare sempre fuori Giulia! Non vengo e basta. A Milano non c’è niente di ciò che c’è qua.”

“Possiamo provare. Puoi sempre tornare indietro se non ti piace vivere con me.” Alida cambia espressione, diventa adulta, con mille sottintesi.

“Non posso lasciare da solo mio padre.”

“Con tuo padre ho parlato. È convinto che sia la cosa migliore per te.”

“È divertente sapere che c’è chi crede di sapere meglio di me cosa è meglio per me.”

“Quanto tempo è che non esci con qualche turista con la barca?”

"Ho ancora dei soldi da parte."
"Per quanto basteranno? Come farai quest'inverno?"
"Sono discorsi orribili."
"Lo so, lo sono anche per me. Però potremmo affrontarli insieme."
"Preferivo insegnare italiano."
"Sei giovane, puoi iscriverti all'università. Studiare e lavorare."
"Quando ho finito le superiori, volevo iscrivermi a Lettere. Dicevano che ero portato, che avevo scritto il miglior tema della scuola alla maturità. Poi sono successe tante cose."
"Se restiamo diventeremo vecchi senza accorgercene, avremo dei rimpianti."
"Di rimpianti ce ne sono sempre."
"Io voglio che tu non sia un mio rimpianto." Alida si fa più vicina, il suo respiro raggiunge Salvatore. "Ti cucinerò tanti buoni piatti," gli sussurra.
"Ma se non sai cucinare!"
"Che c'entra? Guarda che imparo in fretta."
"Che lavoro fa tuo cugino?"
"L'imbianchino."
"Perché pensi che io sia in grado di fare l'imbianchino?"
"Perché anche tu impari in fretta."
"E se non volessi fare l'imbianchino?"
"Puoi fare quello che vuoi, a me serve la metà dell'affitto." Alida gli dà una spinta, ma riacquista subito vicinanza.
"Mi porti solo per i soldi?"
"Vedremo."
"Te l'ho già detto che sei..."
"No, quello sei tu. Quindi?"
"Quindi cosa?"
"Partiamo? Viviamo? Proviamo?"
"Non lo so. Ci devo pensare."

"Dimmelo ora. Fai una pazzia."

"Sei un carro armato."

"È un sì?"

"Un forse sì." Salvatore guarda le persone nella piazza con nostalgia, non sa se sia la cosa giusta, ma sa che qualcosa deve fare.

"Sì?" domanda Alida, con le mani aperte sulle guance, pronta a vincere.

"E va bene. Proviamo." Salvatore si gira lentamente, e viene travolto dalla gioia di Alida, dall'accelerazione che provoca prendere decisioni e renderle reali. Lo bacia una volta, attende che le sue braccia la stringano, e lo bacia nuovamente.

Sono leggeri mentre si alzano e si incamminano mano nella mano verso il porto, mentre incrociano una pattuglia di militari diretti fuori dal paese, mentre cercano di immaginare cosa accadrà senza riuscirci. Hanno lasciato pesi e armature sulla panchina e con nuove piume sanno che volare sarà difficile. Ma questo almeno è certo: loro ci proveranno.

Esserci e non esserci subito dopo

Alida acquista i biglietti del traghetto e del treno, riempie con le sue cose una cassa, che dà corpo al trasferimento conferendogli una parvenza definitiva, e la spedisce all'indirizzo di suo cugino a Milano.

Salvatore invece fatica a preparare due valigie, a impilare maglioni e giacche invernali, a non considerare un fallimento la sua partenza.

Festeggia il suo ventiduesimo compleanno con suo padre. Prepara la pizza in casa come gli ha insegnato sua madre, spezza la mozzarella con le mani e guarda dalla finestra la luce del faro che a volte scompare, ma torna sempre.

"Ormai sei un uomo," dice suo padre prima di addentare un trancio di pizza fumante.

"Non mi sento tanto grande." Salvatore beve un sorso d'acqua e incrocia le mani sul tavolo. Non ha fame.

"Non ti devi preoccupare, è facile sentirsi insicuri quando si cambia. Hai preso la decisione giusta, avrai più possibilità, potrai vedere e decidere. Senza conoscere non puoi scegliere."

"Milano non mi ha portato bene la prima volta."

"Ricorda che puoi tornare indietro, che io e l'isola non ce ne andiamo."

"Ti telefonerò spesso."

"Anche io."

"Passeremo un sacco di tempo al telefono."

"Meglio non esagerare. Alida potrebbe offendersi."

"Alida," dice Salvatore grattandosi la testa, come per suggerire una richiesta di informazioni che suo padre coglie al volo.

"Come va con lei?"

"Bene, è un'amica."

"È una brava ragazza. Abbi cura di lei, ha vissuto brutte esperienze."

"Tu come lo sai?"

"Conosco i suoi genitori."

"Dimenticavo che qui ci conosciamo tutti."

"Diventerai anziano, e scoprirai che la vita dei giovani è molto più interessante della tua."

"Non voglio diventare anziano."

"A proposito." Suo padre si alza, apre la cassapanca e prende un maglione avvolto nella plastica trasparente. "Non sono bravo a fare i pacchetti. Questo è per te. Auguri."

Salvatore toglie il maglione dal sacchetto, è blu scuro e morbido.

"Tiene molto caldo, l'ideale per l'inverno milanese."

Salvatore lo prova e si guarda allo specchio.

"È bellissimo. Grazie."

"Lo ha fatto la mamma." Suo padre si ferma e deglutisce, vedere il figlio con il maglione addosso porta ricordi e commozione. "Me lo ha regalato l'ultimo Natale. Pensava che avrei passato ancora molti inverni in barca, non credo potesse immaginare che avrei abbandonato l'acqua per la terra."

Salvatore sospira, sente il valore dei fili intrecciati dalle mani di sua madre, l'amore che la legava a suo marito. Si toglie il maglione e lo piega con attenzione.

Raccoglie i piatti e li mette nel lavello, dà le spalle a suo padre, guarda il faro che proietta la stessa luce che chissà quante volte ha visto sua madre. Entrambi si prendono il tempo necessario per assorbire la sua presenza, per non smarrire nemmeno un dettaglio delle immagini che stanno rivivendo.

Quando Salvatore si volta, suo padre ha poggiato sul tavolo una busta rosa.

"È arrivata questa mattina."

"Dovevi darmela."

"Te la sto dando."

Salvatore la prende, pronto a correre nella sua stanza per aprire e leggere. Suo padre lo afferra per un braccio, lo guarda e gli trasmette fiducia, ma anche preoccupazione.

"E Giulia?" domanda a bassa voce, pronunciando un nome legato al passato appena rivissuto e custodito.

"Non la vedo da quasi tre anni," risponde Salvatore, che è già sulle scale, in camera, sul letto, con il cuore che batte al ritmo di quello di un bambino.

Apre la busta come se Giulia potesse sapere del suo imminente arrivo e gli stesse scrivendo dell'attesa e della gioia. Erano mesi che non riceveva le sue lettere, ma non dubitava che le buste rosa prima o poi lo avrebbero raggiunto ancora.

All'interno trova un biglietto con le sue iniziali, degli auguri di buon compleanno con dei punti esclamativi, e la firma in fondo. Rimane deluso, forse sperava in frasi a effetto o in una semplice domanda a cui poter rispondere e che gli potesse dare la forza di superare l'argine e ricominciare a scriverle, inondandola di parole e di fatti. Invece tutto resta compresso in un angolo della sua memoria, chiuso con serrature sofisticate di cui nemmeno lui possiede le chiavi.

Poi un numero scritto in alto a destra, al posto della data, attira la sua attenzione. Si alza di scatto, comincia a contare, a segnare con le dita scarti e numero di anni.

Ed ecco il risultato, poco sopra il migliaio. In quel numero ci sono i giorni che misurano la distanza che li ha separati e contemporaneamente legati.

Giulia non ha perso il conto, ha continuato a contare insieme a lui.

Riscopre l'agitazione del primo viaggio a Milano, finisce di preparare i bagagli e li porta all'ingresso. Suo padre dorme sulla poltrona preferita, ha un libro sul petto e la bocca aperta.

Salvatore esce nel fresco della notte, prende la bicicletta, le sue gambe lo conducono su una strada conosciuta, si rende conto di essere a Punta Caladritta solo quando la raggiunge e ne vede i contorni frastagliati illuminati dalla luna piena.

Si siede su una delle rocce piatte che limitano terra e aria e sente il respiro mutare, più facile e profondo.

Pensa alle ore che lo separano dalla partenza, al contatto con la sua isola che gli mancherà, e a ciò che troverà. Pensa ai suoi ventidue anni, a come talvolta il tempo sembra non passare mai, ammucchiando detriti che diventano sempre più pesanti e impossibili da gettare. Pensa a sua madre nella cucina, in vestaglia, che gli prepara la spremuta e ha gli occhi rossi di un pianto recente. Non ricorda le parole, ricostruisce una scena andata perduta con loro due che muovono la bocca senza produrre alcun suono. Lei voleva che lui fosse felice, diceva di esserlo stata, e lui ora vorrebbe chiederle se esiste un segreto, se è possibile essere felice semplicemente desiderandolo.

Si alza, guarda il mare nero senza le luci dei pescherecci né delle motovedette, e si incammina dando le spalle a Punta Caladritta con la sensazione di non esserci stato.

All'alba Alida e suo padre lo aspettano in salotto.

"Dove sei andato stanotte?" gli chiede suo padre.

"Sono stato a salutare l'isola."

"Il traghetto parte tra mezz'ora," dice Alida, che indossa jeans e una giacchetta verde stretta sui fianchi, già proiettata nel futuro di cittadina pratica ed efficiente.

"Non parte alle sette e mezza?"

"Sono le sette, Salvatore!"

Suo padre gli porta il caffelatte, gli consegna un sacchetto con panini e arance.

"Per il viaggio."

"Grazie. Sembri la mamma," dice Salvatore, sapendo di fargli un complimento.

Suo padre sorride e lo abbraccia. "Vai e vivi. Poi mi racconterai."

"Tu non stare troppo da solo."

"Ci saranno le mie verdure a farmi compagnia. Telefonate quando arrivate."

Suo padre abbraccia anche Alida, distoglie lo sguardo e continua a sorridere.

Trascinano le valigie sul molo, le sollevano e le caricano sul traghetto, senza accorgersi del momento esatto in cui i piedi si staccano dall'isola per non toccarla più. Forse è lì che si nasconde il significato delle scelte, nel preciso istante in cui avviene il distacco, nell'esserci e nel non esserci subito dopo.

Le operazioni di imbarco vengono concluse in fretta, il traghetto esce dal porto, spinge i motori al massimo, e l'isola rimpicciolisce, sbiadisce in lontananza, fino a scomparire.

*

Milano è immutata, altera, sporca e senza fine. Una pioggerellina di spilli accoglie Alida e Salvatore, frastornati dalle ore sul treno, dalla scomodità delle cuccette, dal ritardo accumulato a ogni fermata.

Il cugino di Alida, Matteo, è un ragazzone di trentasei anni con indosso una maglietta attillata che mette in mostra i muscoli scolpiti in palestra. Bacia Alida sulle guance e dà una vigorosa stretta di mano a Salvatore.

"Il mio nuovo aiutante," dice prendendo due valigie e precedendoli fuori dalla stazione.

La macchina di Matteo è un furgoncino bianco pieno di carte di giornale macchiate di vernice. Sistemano i bagagli e attraversano, riparati dall'abitacolo, stratificazioni urbane composte da palazzi dell'Ottocento affacciati su larghi viali alberati e da palazzoni di venti piani circondati da svincoli autostradali e distributori di benzina.

Il loro appartamento è nell'estrema periferia, al confine con Sesto San Giovanni, accanto a enormi poli industriali dismessi e mucchi di rottami che si vedono dalla finestra. È al secondo piano di una palazzina di sei, color salvia, con una muffa nera che disegna le forme geometriche dei locali sul lato esposto a nord. I mobili e la cucina non rispettano alcun criterio estetico, con ante cigolanti e l'aspetto da robivecchi.

Matteo consegna loro due copie delle chiavi, il numero di telefono del proprietario dell'appartamento e un foglio scritto a mano con le condizioni del contratto d'affitto in nero.

Alida e Salvatore, rimasti soli, misurano con passi abituati a spazi liberi i pochi metri quadrati disponibili. Il soggiorno con angolo cottura, il bagno con il vetro della finestra smerigliato per proteggersi dagli sguardi del palazzo di fronte, e la camera con un letto matrimoniale e una nuda lampadina che pende dal soffitto.

"Ci abitueremo," dice Alida, che si siede sul materasso, ed è ovvio che si aspettava qualcosa di diverso.

"Sull'isola, per ottocento euro al mese, avremmo affittato una villetta." Salvatore tiene le mani nelle tasche della giacca, schiaccia con la scarpa un batuffolo di polvere come se stesse spegnendo un mozzicone di sigaretta.

"Ti lascio il letto." Alida abbozza un sorriso.

"Non scherzare. Dormo sul divano, sembra comodo."

"Sicuro di starci?"

"Male che vada tengo le gambe piegate."

"Mi fai sentire in colpa."

"Lascia stare. C'è odore di chiuso." Salvatore torna in salotto e spalanca la porta finestra che si affaccia su un balconcino con una ringhiera di ferro scrostato. L'aria che respira ha un gusto dolciastro di carburante e plastica bruciata.

Alida lo raggiunge alle spalle, nota nel suo sguardo lo sconcerto.

"Non c'è niente da mangiare in casa, che ne dici di andare a fare la spesa?" Lo guarda con occhi speranzosi, vuole che lui non si abbatta adesso, che le dimostri di aver voglia di provarci. Se Salvatore le dicesse "andiamocene", sarebbe disposta a seguirlo ovunque.

"Va bene." Salvatore va all'ingresso senza mutare espressione. "C'è un supermercato dall'altra parte della strada."

Sul pianerottolo, Alida lo abbraccia e cerca un po' di calore per difendersi dal freddo delle pareti e del cielo grigio che li aspetta fuori. Salvatore le accarezza la testa, sente che la stanchezza del viaggio sta deteriorando la loro resistenza. Scendono le scale senza perdersi di vista, ed escono in strada aggrappati alla loro conoscenza tra un mare di sconosciuti.

*

La prima settimana è di ambientamento. Alida e Salvatore sono uno il contrappeso dell'altra, cercano l'equilibrio con movimenti cauti per non cadere. La convivenza, il bagno in comune li avvolgono di un'intimità improvvisa che li imbarazza e li rende pudichi.

Prendono la metropolitana e visitano la città. Vanno al Duomo, in Brera, sui Navigli a mangiare, si mescolano ai turisti, scattano fotografie. Camminano tanto, si stancano per riuscire a dormire la notte e placare l'inquietudine.

Quando Alida cerca la mano di Salvatore, o al ristorante

gli porge la forchetta con infilzati due gnocchi da assaggiare, lui si guarda intorno e pensa a Giulia, alla possibilità di incontrarla.

Sabato sera vanno al cinema, guardano un film romantico e mangiano popcorn. Di notte a Milano, nelle strade illuminate a giorno, la loro isola potrebbe anche essere stata un miraggio, talmente diversa e lontana da apparire un luogo inventato.

A casa li aspettano gli armadi pieni delle loro cose, un divano che inizia ad acquistare la forma delle loro schiene, il cibo ordinato nel frigorifero, i libri sulle mensole. Nella città estranea popolano il loro spazio di familiarità, lo difendono con serrature ben chiuse e tapparelle abbassate.

Alida va in bagno, si lava i denti, si spoglia e decide di indossare una camicia da notte di seta nera con trasparenze e ricami. Salvatore, sdraiato sul divano pronto per la notte, legge un libro alla luce di un abat-jour appoggiato sul pavimento.

Quando Alida esce, va al frigorifero e lo apre senza né fame né sete, con l'unica speranza che Salvatore si accorga di lei, delle sue gambe scoperte, dell'urgenza di vicinanza che le fa tremare la punta delle dita. Prende un bicchiere e lo riempie di acqua del rubinetto. Si volta, una goccia le bagna il piede nudo, ma non c'è attenzione mutata.

Salvatore continua a leggere, ascolta Alida armeggiare nella stanza, percepisce la sua carica emotiva scontrarsi con la sottile copertina del libro. Si accorge di aver girato pagina e di non ricordarsi più quale storia il libro voglia raccontargli.

"Buonanotte," sussurra Alida, restando ferma dove si trova.

"'Notte," risponde Salvatore, che finalmente abbassa il libro e la vede.

Nei loro sguardi si mischiano correnti trasversali, richieste sospese, labbra umide, movimenti lenti, facili delusioni.

“Dormi con me questa notte.” Alida tiene il bicchiere con entrambe le mani, lo accarezza o lo stringe.

Salvatore non riesce a rispondere, non capisce se sia una domanda, una supplica, un ordine.

Alida va da lui, si siede sul bordo, gli dà un bacio sul collo, esplicita un desiderio demolito dal silenzio, dall’abbraccio di Salvatore che la immobilizza e la spegne.

“Ho freddo,” mormora Alida, che si ritrae, incrocia le braccia e torna in camera. Si infila rapida nel letto, si rannicchia con le ginocchia al petto e non riesce a smettere di tremare.

Non c’è pensiero di Salvatore che non si concluda con il ricordo dell’amore con Giulia, della spiaggia di Punta Tonnara e delle rocce di Punta Caladritta, della stanza dell’ostello, della casa in montagna.

Salvatore sa che domattina smetterà di aspettare, che si alzerà e andrà da lei.

*

Scende alla fermata di Sant’Ambrogio, ritrova la strada senza chiedere indicazioni, ricorda perfettamente ogni svolta e i nomi delle vie. Sono le undici di domenica mattina, il portone di legno del palazzo è chiuso, il portiere non c’è.

Premere il pulsante del citofono è come puntare tutto ciò che si possiede a un gioco d’azzardo. Salvatore chiude gli occhi e li stringe, i tre anni trascorsi si condensano in rapidi fotogrammi, mentre con l’indice invia un segnale elettrico che raggiunge l’appartamento di Giulia.

Quando sente la voce del padre di Giulia domandare “Chi è?”, Salvatore si rende conto che rispondere pronunciando il suo nome non sarebbe affatto normale davanti a quel portone, che non ha avvisato, che la sua visita è totalmente inaspettata e probabilmente non gradita ai genitori.

Ma deve annunciarsi, dire qualcosa.

"Sono Salvatore." Cerca di mantenere il controllo della voce, di non farla tremare.

"Chi?" Il padre di Giulia allunga una "i" sospettosa.

"Salvatore, l'isola, Giulia." Tre parole che definiscono la sua vita.

"Sali."

Il portone scatta e si apre. Salvatore abbassa la testa e si infila nell'ingresso, sale tre gradini coperti da una moquette rossa, percorre un corridoio ed entra nel cortile interno. Chiama l'ascensore, sente la temperatura corporea aumentare, slaccia la giacca, infila una mano in tasca per assicurarsi della presenza della busta con i soldi del biglietto aereo che deve restituire al padre di Giulia.

L'aria sembra acqua, l'ascensore un acquario in cui è difficile muoversi e impossibile respirare.

Quando arriva al piano è paonazzo. Solo un abbraccio di Giulia potrebbe calmarlo, rendere sopportabile la situazione. Si avvia verso la porta e suona al campanello.

Il padre di Giulia è ingrassato, è la prima cosa a cui pensa appena gli apre e gli sorride senza entusiasmo.

"Che bella sorpresa," dice facendosi da parte per farlo accomodare.

"Buongiorno, come sta?" Salvatore riesce a osservare i convenevoli, anche se si guarda intorno e si rende conto che c'è troppa tranquillità nell'appartamento, come se oltre a loro non ci fosse nessun altro.

"Bene, grazie. Hai un aspetto da naufrago, arrivi direttamente dall'isola?" gli chiede il padre di Giulia con fare spiritoso, mentre lo precede nel salotto e si siede su di una poltrona dove ha lasciato un quotidiano e gli occhiali da lettura.

Salvatore resta in piedi, estrae la busta con i soldi e gliela consegna.

"È per me?" domanda meravigliato il padre di Giulia.

"Gliel'avevo promesso che avrei estinto il debito."

"Non li voglio," dice perentorio l'uomo. "Era mio dovere prenderti quel biglietto."

"Il mio dovere è di restituirglieli."

"Fanno molto più comodo a te che a me, non credi?"

Salvatore ignora la domanda, per lui quei soldi non esistono, non hanno importanza, gli stanno solo facendo perdere tempo.

"Dov'è Giulia?" chiede con la gola serrata, i polmoni sotto vuoto, il cuore che sbaglia ritmo e non lo ritrova.

"Non c'è," risponde secco il padre, che lancia la busta con i soldi sul tavolino e piega il giornale sulle gambe. "Siediti," gli ordina.

"Mi può dire dov'è Giulia in questo momento?" Salvatore inclina la testa, parla lentamente come se si stesse rivolgendo a una persona con limitate capacità intellettive.

"Siediti," ripete.

Salvatore lo asseconda, intreccia le mani nervose, vorrebbe saltargli addosso ed estorcergli una risposta rapida e precisa che lo tolga dall'impiccio.

"È partita qualche giorno fa." Il padre di Giulia lo guarda senza mascherare una certa soddisfazione.

"Quando torna?" Salvatore sarebbe pronto a inginocchiarsi per una risposta rassicurante.

"E chi lo sa."

"Per favore."

"Tu sai quanto tempo ci abbiamo impiegato mia moglie e io a toglierle dalla testa te, l'isola, e tutto quello che ne consegue?"

Salvatore deglutisce, la lingua sembra un pezzo di stoffa.

"So che non ce l'avete fatta."

"E qui ti sbagli, caro mio. Giulia è lontana, e forse non tornerà mai. Ha una nuova e brillante vita davanti a lei. Una vita che non ti comprende."

"Mi dica dov'è andata."

"Perché? Cosa vorresti fare? Prendere l'aereo e raggiungerla? Ti servirebbero molti soldi."

"La troverò da solo." Salvatore si rialza, e torna alla porta per uscire il più presto possibile. Lotta con la maniglia, esasperato sente il sudore colargli sulla fronte.

"Aspetta, faccio io." Il padre di Giulia è dietro di lui, il suo tono è ammorbidito, sa di aver vinto con facilità.

"È a New York," gli dice spalancando la porta. "Si è trasferita lì all'università. Architettura, come me," dice con orgoglio, mentre Salvatore rivede Giulia nella vasca da bagno in montagna che gli dice che vorrebbe studiare biologia marina o qualcosa di simile, e che il sogno di suo padre è farla diventare un architetto.

La vittoria appare ben più schiacciante.

Salvatore non riesce a dire niente, nei giorni seguenti troverà centinaia di frasi a effetto che avrebbero potuto dargli una magra consolazione, senza comunque spostare di un millimetro la sostanza delle cose.

"Dimenticala," gli dice il padre di Giulia. "È un consiglio da amico. Lei con te lo ha fatto."

*

Le strade di Milano sono fiumi di gente, di macchine, di confusione, di pensieri che sfuggono nella corrente. Salvatore le attraversa, le calpesta furibondo come se in questo modo potesse avere una vendetta che non può essere consumata. Tiene la mascella serrata, gli occhi a fessura, i pugni stretti. Ogni richiamo della sua mente alla calma è inascoltato e subito cancellato. Si chiude in un circolo vizioso inveendo contro se stesso che non ha scritto a Giulia, contro Giulia che se n'è andata, contro i genitori di lei che li hanno sempre ostacolati e continuano a farlo, e anche contro Alida che lo ha convinto a partire e a diventare nessuno in mezzo a due milioni di persone.

Sale sulla metropolitana senza badare alla direzione e finisce al capolinea sud, che è uguale al capolinea nord, che probabilmente è uguale a quello est e a quello ovest. Le forme delle costruzioni, il degrado, i volti della gente sembrano proprio gli stessi.

Salvatore si siede su una panchina con il sedile in marmo cosparso di cicche spiaccicate e annerite. Si tiene la testa con le mani per non farla scoppiare, prova a piangere e inaspettatamente le lacrime colano dai suoi occhi e cadono a terra. Racchiudono la difficoltà di crescere, di conoscere e accettare se stessi, individuando i difetti e gli errori, le colpe e i torti subiti.

Una signora anziana con i capelli bianchi, un pantalone nero e un maglione rosa, si siede accanto a lui.

"Ha bisogno di aiuto?" gli chiede con una voce che lui vorrebbe somigliasse a quella di sua madre. Lei lo avrebbe capito.

Salvatore si asciuga le lacrime con il dorso delle mani, guarda la signora e le sorride.

"No, grazie. È solo un momento."

"Spero che passi in fretta." La signora ricambia il sorriso. Guarda l'orologio, controlla l'orario di arrivo del prossimo convoglio.

"Passerà, questo è certo."

"Ha un accento che mi è familiare."

"Vengo da un'isola piuttosto famosa in questi ultimi anni."

"L'isola dei migranti?"

"Non l'ho mai chiamata così, ma è un bel nome."

"Ci sono stata tanto tempo fa."

"Davvero?"

"Ne serbo un ricordo meraviglioso. C'era un posto in cui

andavo ogni sera dopo la spiaggia, ero giovane e mi piaceva camminare, da là si poteva vedere l'Africa."

"Punta Caladritta."

"Come?"

"Il posto, noi lo chiamiamo Punta Caladritta. Anch'io ci andavo sempre."

"Allora, quando ci torna, porti un pensiero anche da parte mia." La signora prende un libro dalla borsa e si alza per andare incontro al treno.

"Lo farò senz'altro." Salvatore si scuote, decide che è ora di rientrare.

Saluta la signora, che alza la mano e gli sorride ancora.

La casa è avvolta nell'oscurità, le tapparelle sono abbassate e la poca luce del pomeriggio piovoso rimane fuori. Il primo pensiero di Salvatore è che Alida sia uscita a fare compere per stare lontana da lui. Si toglie le scarpe, apre il frigorifero e si versa un bicchiere di succo d'arancia. Non ha mangiato e ha fame.

Essere a Milano, in quell'appartamento estraneo, gli provoca nausea. Lui e Giulia sono abituati alla lontananza, fa parte della loro vita, ma New York gli appare irraggiungibile, una scorrettezza. Immagina strade e grattacieli, e Giulia che cammina tra la gente, con una borsa a tracolla, coinvolta in un mondo da cui lui è escluso.

Si appoggia al piano di lavoro della cucina, prova a contrastare un sordo sentimento di gelosia che proietta nella sua testa una serie infinita di abbracci, di appuntamenti con uomini senza volto, di camere ammobiliate e lenzuola arrotolate. Il corpo di Giulia, che credeva di ricordare nei dettagli, risulta una fotocopia sbiadita, la sovrapposizione di altri corpi.

Un rumore proviene dalla stanza, Alida è ancora a letto. Salvatore va da lei, ne sente il respiro, lo sguardo posato su di lui.

Si spoglia, trasformato in istinto, rapito dalla risonanza di un'eccitazione che non ha nulla da spartire con l'amore.

Alida è calda, asciuga le lacrime di Salvatore rimaste al capolinea sud della metropolitana. Talvolta le coincidenze hanno un meccanismo che funziona a incastro perfetto, le solitudini si incontrano e svaniscono. Alida e Salvatore si stringono, si baciano, combattono nel buio.

Tramortiti dall'evidenza del trasporto, dai graffi delle unghie sulla pelle, si sdraiano supini, mentre i pensieri ricominciano a correre e le mani si cercano, insicure di ciò che hanno trovato. I minuti portano nuove onde, scandite da un ritmo più lento e più consapevole. Escono da una vita ed entrano in un'altra, liberi dalle aspettative che arriveranno, dalle corde che proveranno a legarli fino a fare male e, seppure per un solo istante, liberi dal passato.

*

Gli occhi di Alida diventano luminosi, dei fari che aiutano Salvatore a non perdere la rotta, a non cedere allo sconforto. Fari che concentrano la luce su punti specifici, che nascondono un contesto ampio a favore di uno incompleto. Una culla in cui ci si può addormentare per anni, fatta di tante piccole cose, di tanti piccoli pensieri accantonati e domande lasciate in sospeso.

Salvatore comincia a lavorare con Matteo, che lo passa a prendere con il furgoncino alle sette e mezza del mattino e lo porta in appartamenti o ville. Spostano mobili, coprono i pavimenti con fogli di giornale, raschiano muri, preparano vernici e pitture che spandono con rulli e pennelli. Salvatore impara in fretta, le pareti bianche lo aiutano a estraniarsi, a passare mani di vernice su ciò che gli manca. Entra nelle case, invade spazi e intimità di signore con i bigodini, di uomini in giacca e cravatta che danno disposizioni prima di andare in ufficio, con bambini strillanti, cani e gatti e pesci rossi.

Al rientro Alida lo aspetta sorridente, gli controlla i capelli per togliere le tracce di vernice secca e lo spedisce a fare la doccia. Il profumo del bagnoschiuma copre solo in parte l'odore acre che Salvatore respira tutto il giorno, che sente prima di addormentarsi e al risveglio. Un odore che comincia a odiare, che sostituisce quello del mare.

Il centro commerciale dove lavora Alida è dall'altra parte della città. Si alza alle sette del mattino, prende la metropolitana, un tram, un autobus, impiega un'ora prima di timbrare con il badge magnetico ed entrare in ufficio. Alla sera rientra alle otto, porta a casa la cena in pacchetti precotti, che compera a prezzi scontati per i dipendenti. Li mette nel forno a microonde e in pochi secondi si siede alla tavola apparecchiata da Salvatore.

*

Con il primo stipendio Alida lo invita a mangiare in un ristorante sui Navigli. Indossa una minigonna nera, un maglioncino scollato e scarpe con i tacchi a spillo. Attira su di sé gli sguardi lunghi degli uomini che incrocia, mentre cammina a braccetto con Salvatore e ha occhi solo per lui.

"Fa freddo," gli dice stringendosi al suo fianco, con labbra rosse di rossetto e capelli lisci ed elettrici. "A cosa pensi?" chiede.

"Alle differenze." Salvatore osserva l'acqua nera del canale. "Dove vorresti essere adesso?"

Una domanda a cui Alida risponde senza pensare, che la fa sentire nuda di fronte all'insoddisfazione di Salvatore.

"Esattamente dove sono. Con te."

“Se potessi scegliere.”
“Ho scelto. Non ne sei convinto?”
“La vita a Milano non è semplice.”
“Non lo è da nessuna parte. Salvatore, guardami.” Alida lo trattiene per il braccio che la sostiene, si appoggia al muro dell’argine.
Salvatore è davanti a lei, il suo sguardo calamitato dall’acqua che pare immobile, ma che invece scorre lentamente.
Alida gli accarezza il mento ispido, con i tacchi non è difficile raggiungere la sua bocca e dargli un bacio.
“Voglio che tu sappia una cosa.” Alida gli parla a un soffio, lui ne respira le parole. “Tu sei libero di tornare a casa se preferisci, so che fare l’imbianchino non è il tuo sogno, che il nostro appartamento è squallido, che dalla finestra non vediamo il mare, ma abbiamo deciso di provarci, di sfidare il mondo e vedere cosa ci offre. E io sono al tuo fianco perché…” Ad Alida si strozza la voce in gola, stringe i pugni con cui tiene la giacca di Salvatore.
“Perché ci tengo, e perché…” Lascia la presa, apre la borsa ed estrae dei fogli piegati a metà. “Avrei voluto darteli al ristorante, ma tu rovini sempre tutto.”
“Non è vero. Cosa sono quei fogli?”
Lei li mette sotto la luce di un lampione, e legge ad alta voce l’intestazione: “Università degli studi di Milano, facoltà di Lettere”.
“Non ci credo.”
“Sono solo i moduli di iscrizione, sono passata a prenderli l’altro giorno, prima di tornare a casa. Era un po’ che ci pensavo. Volevo che tu avessi la possibilità di scegliere, che vedessi che è possibile.”
Salvatore legge le parole stampate “Io sottoscritto” e quelle compilate a mano dalla grafia di Alida. L’indirizzo di residenza è quello di Milano, il luogo e la data di nascita sono corretti.

"Manca solo la tua firma." Alida ha già in mano una penna.

"Sei diabolica," dice Salvatore tenendo in mano passato e futuro: non sono mai stati così vicini, ora tocca a lui unirli.

"Ti voglio bene." Alida gli trasmette fiducia, e qualcosa d'altro, che cresce sotterraneo e si alimenta di gesti come questo.

"Non è una scelta che posso prendere così su due piedi." Salvatore torna a fissare l'acqua del canale, sente che invece è proprio così che deve andare.

"Vuoi pensarci ancora qualche anno? Magari iscriverti a sessant'anni all'università della terza età?"

"Dammi la penna e voltati."

Alida gli porge la schiena e percepisce, attraverso gli strati di tessuto, la pressione della mano di Salvatore, le lettere in corsivo del suo nome e del suo cognome che si inseguono sul foglio a dare un senso al loro viaggio e alla loro vita insieme.

La cena è deliziosa, con una candela sul tavolo che si consuma tra sguardi e anticipazioni di ciò che verrà. Salvatore accarezza il viso di Alida, le orecchie piccole e perfette, conscio che senza di lei sarebbe rimasto nel buio a compatirsi, a costruire, un mattone dopo l'altro, alti muri difensivi e a collezionare scuse per i propri fallimenti. È talmente facile dimenticare i sogni più ambiziosi che si cercano palliativi che distraggano la mente, cominciando una corsa per sfuggire a se stessi che può durare fino allo stremo delle forze, a una disastrosa resa dei conti.

Nelle strade notturne Alida e Salvatore sono una coppia, anche se per autodifesa negherebbero di esserlo. Ascoltano il rumore dei propri passi, aspettano l'autobus che li riporterà a casa, avvinti da una tensione che li rende sensibili su ogni centimetro di pelle esposta. Chiudono la porta blindata, sbattono abbracciati contro le ante dei mobili, fanno cadere dal tavolo chiavi e libri e bollette, mentre un capo alla volta si spogliano e restano nudi. Si spostano sul divano, vanno in camera da letto, imparano le loro espressioni libere da filtri, il ritmo degli ansimi, i brevi attimi di felicità.

*

Il 23 dicembre il padre di Salvatore va a trovarli. Alida e Salvatore gli prenotano il biglietto aereo, gli spiegano come imbarcare il bagaglio, l'assegnazione dei posti a sedere, le fasi di decollo e atterraggio, e sperano che la paura di volare per la prima volta non gli faccia cambiare idea.

Vanno in treno all'aeroporto di Malpensa e, quando lo vedono comparire dalle porte scorrevoli degli arrivi, in camicia, con una giacca di cotone sulle spalle, capiscono subito che dovranno andare a comperare un cappotto pesante.

"È prevista neve per domani," gli dice Salvatore abbracciandolo.

"Ho qualche maglione in valigia. Non sono mica uno sprovveduto," protesta suo padre, mentre dà due baci ad Alida e le dice che è in splendida forma.

"Tu invece sei un po' pallido," dice a Salvatore.

"Dev'essere la vernice che mi sta sbiancando."

"Stai cercando un altro lavoro?"

"Non ne ho il tempo."

"Dovresti cambiarlo. Non mi piace che non sei in regola."

"C'è una sorpresa," dice Salvatore.

"Ti sei iscritto all'università?" prova a indovinare suo padre.

Salvatore si volta di scatto verso Alida, che però ha la stessa espressione di sorpresa sul viso e con le mani a ventaglio respinge l'accusa di essere stata lei a fare la spia.

"Come fai a saperlo?" chiede deluso.

"Non dirmi che è vero." Suo padre lascia cadere il borsone a terra e guarda il figlio con orgoglio.

Salvatore estrae il libretto universitario e glielo porge. "Doveva essere una sorpresa."

"E lo è!" Suo padre lo abbraccia di nuovo.

In treno, il padre di Salvatore, che non è mai stato di molte parole, continua a parlare, a fare domande sugli esami, sui libri che il figlio dovrà studiare, complice di una scelta che non ha forzato, ma che sperava potesse essere presa.

Quando escono dalla metropolitana, Salvatore osserva il panorama postindustriale del loro quartiere e non può fare a meno di provare vergogna nel mostrare a suo padre il grigiore che li circonda e l'appartamento in cui vive con Alida. Gli pare che la differenza con l'isola sia talmente netta da lasciare senza parole, che possano essere uno la definizione di brutto e l'altra la definizione di bello.

Nel pomeriggio Alida va al lavoro, e Salvatore e suo padre visitano il centro della città. L'imponenza dei monumenti, dei palazzi di pietra e di marmo, le vaste piazze si insinuano tra loro, che si guardano intorno spaesati, senza le coordinate consuete della nuda terra.

Prendono un aperitivo in una libreria che ha un bar con le vetrine affacciate sul Duomo. Le poltrone sono comode, leggono il menu, guardano la cattedrale illuminata, l'enorme albero di Natale nella piazza, le decorazioni a festa e la gente imbacuccata con sacchetti pieni di regali.

L'espressione di Salvatore muta e si irrigidisce, suo padre lo nota, si sporge verso di lui e con una mano gli stringe il ginocchio.

"Cosa succede, Salvatore?"

"Mi sembra di girare a vuoto, di non sapere più cosa è giusto e cosa è sbagliato, di non avere margini di errore."

Suo padre sorseggia la bevanda arancione nel bicchiere, si riappoggia allo schienale della poltrona.

"Forse è colpa di Giulia," ammette Salvatore.

"A cosa ti riferisci?"

"Al fatto che è dall'altra parte del mondo. È andata a studiare in America."

"È arrivata una sua lettera." Suo padre prende dalla tasca interna della giacca una busta rosa e la tiene tra le mani. "Ma non sono sicuro che consegnartela sia la scelta migliore."

"Perché?" Salvatore guarda la busta e sorride.

"Con Alida come va?"

"Viviamo insieme, ci proteggiamo a vicenda. Si è ambientata in fretta, la città le piace, l'isola per lei è stata una parentesi."

"Ti sei accorto di come ti guarda?"

"Papà."

"È innamorata di te."

"Papà, per favore, smettila."

Salvatore arrossisce, messo faccia a faccia con un egoismo che non gli consente di ammettere che suo padre ha ragione, spaventato all'idea di perdere un affetto e una dolcezza che lo tengono a mezz'aria e non lo fanno precipitare.

"Portale rispetto e non farla soffrire." Suo padre si alza e gli mette la busta rosa in grembo. "Vado in bagno. Leggila con calma."

A Salvatore tremano le mani, nota i francobolli e i timbri delle poste americane. La data risale alla metà di ottobre.

"Caro Salvatore, caro Salvo, caro Too-tò, o caro e basta. Ti scrivo anche se tu non mi scrivi da tanto tempo, e lo faccio perché la cosa più bella è sapere che leggerai, che sei un punto fermo, come la nostra isola. Sono sull'aereo che mi sta portando a New York, dove studierò e lavorerò nello studio di un architetto amico di mio padre. Ho nove ore di tempo per scriverti e solo questo foglio da riempire. Voglio scegliere le parole migliori, condensare i pensieri e scartare quelli inutili. Spero che le cartolerie americane siano fornite di buste rosa, ne ho una sola con me e la imbucherò all'aeroporto appena atterrata. Comunque tornerò a Milano per le vacanze di Natale, ho il biglietto prenotato, e da lì è sicuro che ti scriverò..."

Salvatore interrompe la lettura, guarda i clienti della libreria seduti agli altri tavolini, cerca il viso di Giulia che potrebbe essere proprio lì, a un passo da lui. Termina di leggere la lettera senza registrare nulla, travolto da un'ansia che lo spinge a muoversi e a farlo in fretta.

Suo padre torna dal bagno e lo trova con la ricevuta del conto pagato in una mano e la giacca addosso.

"Cosa succede?"

"Dobbiamo andare. Devo fare una cosa."

"Giulia."

"Sì, papà."

Suo padre prende la giacca e lo segue giù per le scale, e fuori nell'aria fredda e umida.

"Devi prendere la rossa," gli dice Salvatore indicando la metropolitana e il nome della fermata di casa. "Queste sono le chiavi dell'appartamento, ti ricordi come arrivarci?"

"Se ti dicessi di no, mi accompagneresti?" Suo padre infila le chiavi in tasca e si mette i guanti.

"Sì."

"Non mi perderò, vai."

"Scusami."

Salvatore comincia a camminare, poi si volta e dice: "Ci vediamo a cena. Alida torna alle otto".

Suo padre lo osserva allontanarsi, venire inglobato dalla massa di gente che si sposta avanti e indietro.

*

Potrebbe telefonarle, sarebbe più facile, immediato, ma spezzerebbe un patto che solo in casi di emergenza hanno violato. La loro voce è una conquista e non un regalo.

Salvatore scansa decine di persone che passeggiano, aumenta la velocità, che aumenta il battito del cuore, e il ritmo delle suole delle scarpe sul selciato.

Arriva davanti al portone del palazzo di Giulia senza altri pensieri che chiedere di lei.

Il portiere lo osserva, solleva la cornetta e, prima di comporre il numero, domanda: "Chi devo annunciare?".

Salvatore scuote la testa perplesso, ha dato per scontato che non l'avrebbe trovata, e se ne rende conto solo ora che gli manca il respiro.

"Intende dire che Giulia è di sopra?"

"Lei è il ragazzo dell'isola?" Il portiere lo riconosce, muta l'accento milanese, imparato in anni di servizio, utilizzando la sua naturale inflessione napoletana.

Salvatore diventa rosso, forse il padre di Giulia ha affisso in portineria una sua foto segnaletica e dato l'ordine di non farlo passare.

Annuisce, pronto a scappare.

"Mi ha parlato molto di lei, la signorina Giulia. Ogni volta che usciva per imbucare una di quelle buste rosa, me la mostrava come se mi stesse confidando un segreto."

Salvatore diventa ancora più rosso, si accorge di avere la lettera in mano.

"Mi ricordo di quando è stato qui qualche anno fa." Il portiere aggrotta la fronte, ha intuito qualcosa. "È una sorpresa?"

"Sì."

"Allora bisogna organizzarla bene. La signorina è rientrata poche ore fa."

La conferma che Giulia c'è, che solo pavimenti e soffitti li dividono, acuisce percezioni impreviste a cui non è preparato.

Il portiere compone il numero, con un cenno rassicura Salvatore e gli dice a bassa voce: "Ci penso io".

"Buongiorno Giulia, scusi il disturbo, volevo chiederle se

può scendere in portineria. Una delle sue lettere con la busta rosa è stata rispedita al mittente."

Il portiere riaggancia e stringe il pugno in segno di vittoria.

"Ha funzionato, scende subito. Si metta lì," indica a Salvatore. "Appena l'ascensore si aprirà, la vedrà. E io non mi voglio perdere la scena."

Il pulsante di chiamata dell'ascensore si accende. Salvatore guarda il portiere, che pare emozionato quanto lui, e gli viene da ridere.

Giulia, o la sua nuova versione, con maggiori dettagli e profondità, compare davanti a lui come una visione, come se tre anni venissero sollevati e schiantati a terra da un vortice.

I primi due passi fuori dall'ascensore li fa a testa bassa, fino a quando si accorge di Salvatore e tutto cambia.

Le sue espressioni la dipingono prima seria, poi incredula, e infine felice. Senza parole ci sono gli sguardi, messaggi nascosti scambiati su frequenze speciali e riservate.

L'abbraccio è quello che si sono dati ogni volta che si sono rivisti, sul molo d'estate, davanti al liceo milanese, e qui, con accanto il portiere del palazzo che si commuove e fa il tifo per loro.

Ritrovarsi è semplicemente trovarsi come si è sempre stati.

Escono sulla via, camminano senza direzione, si fermano, si guardano, si toccano per constatare che non stiano vivendo un sogno. Si siedono sulla panchina di un piccolo parco con tre alberi e un cestino dei rifiuti.

"Quando sei arrivato?" domanda Giulia, che non trattiene lacrime che le velano gli occhi.

"Tu quando sei arrivata? Io sono mesi che ti aspetto. Vivo qui adesso." Salvatore osserva le facciate austere dei palazzi di inizio Novecento che li circondano, così pulite ed eleganti, talmente diverse da quelle di periferia che pare di stare in un'altra città.

"A Milano?"

"Sull'isola è un disastro. Siamo dovuti andare via."

"Tu e tuo padre?"

"No, mio padre è rimasto. Non fa più il pescatore, ora coltiva un orto."

"Tu e una ragazza?"

Salvatore non vorrebbe parlarne, ma non vuole mentire.

"Sì. Si chiama Alida, la conosci. La figlia del panettiere che si è trasferito a Bologna."

Giulia si stringe nel cappotto, guarda la corteccia di uno degli alberi incisa da un cuore con all'interno le iniziali di due innamorati, e pensa che loro due non scriverebbero le iniziali su una corteccia, che loro due sono le radici e l'albero stesso.

"Sei innamorato di lei?"

La domanda di Giulia è sussurrata, ma arriva alle orecchie di Salvatore come un grido.

"Giulia, io sono innamorato di te." Una frase che Salvatore vorrebbe avesse più forza, che invece fuoriesce stanca e appassita.

"Non mi hai scritto, sono tre anni che non so nulla della tua vita."

"Ho letto ogni tua lettera cento volte, e ho provato ogni volta a risponderti senza riuscirci. Sono successe troppe cose, aspettavo solo di rivederti." Salvatore mette un braccio sulle spalle di Giulia, la avvicina a sé.

"Sono rimasta intrappolata in quel capodanno. Per un anno sono uscita di casa solo per andare a scuola e poi all'università. Credevo mi odiassi."

"Mi dispiace."

"Anche a me, Salvatore, avrei voluto esserti accanto."

"Ci sei stata. Più di quanto tu possa immaginare." Salvatore cerca il viso di Giulia, le sue labbra che per la prima volta sono lontane anche da vicino.

"Ti piace New York?"

"È una città affascinante, ma troppo piena, aggrovigliata, molto più di Milano."

"Hai un ragazzo?"

Giulia lo guarda, e Salvatore ne riscopre con dolore i lineamenti e la bellezza.

"Si chiama Frank. Ci esco da tre settimane."

Salvatore accusa il colpo, lo riceve dritto in faccia senza protezioni.

"Parlami dell'isola. Ho letto dei respingimenti, del sovraffollamento, della rivolta." Giulia mette una mano sulla sua, intreccia le dita.

Salvatore comincia a raccontare, sente che lei è l'unica che possa comprendere i suoi pensieri accatastati in angoli di memoria, che l'immagine del ragazzino sul bagnasciuga di Punta Tonnara fa parte della loro storia comune e li ha resi come sono ora. Le racconta delle lezioni di italiano, degli insegnamenti dati e soprattutto di quelli ricevuti, di Alida, e di Fedele che è chissà dove in Europa a cercare la sua ragazza.

"Voglio conoscere di persona chi arriva sulla nostra isola, andare in Africa, capire. Non vedo l'ora di laurearmi e di fare qualcosa di vero."

"Anch'io non vedo l'ora di laurearmi."

Giulia si volta verso di lui e spalanca gli occhi.

"Eh sì."

"Lettere?" esclama ad alta voce Giulia, che lo abbraccia ritrovando slancio e densità dei corpi inalterata.

"Faccio l'imbianchino di giorno e studio la notte. La mia è una vita intensa, al confine con Sesto San Giovanni, altro che New York."

Giulia e Salvatore ridono, e finalmente gustano il presente dopo aver aggiornato il passato.

"Chissà tuo padre com'è orgoglioso di te."

"E tu?"

"Anche io."

Un breve silenzio li richiama dai sogni alla realtà del tempo che scorre.

Giulia controlla l'orologio, dice: "Devo andare a cena con i miei genitori. Domani partiamo per la montagna, trascorriamo là il Natale".

"Quando torni?" le chiede Salvatore, incredulo che il loro incontro stia già finendo.

"Il 29. E il 30 mattina ho l'aereo per l'America."

"Così presto."

"Purtroppo."

Si alzano e si avviano verso la strada della casa di Giulia. Camminano osservandosi i piedi, ascoltando il rumore dei passi, contando le poche possibilità che il destino o il caos procura loro.

"Tu mi cercheresti in tutta Europa, come sta facendo il tuo amico con la sua ragazza?" Giulia accenna un sorriso, gli è di fronte e si tiene al bavero della sua giacca. Il portone di legno del palazzo è il nuovo confine che presto li separerà.

"Io ti ho cercata e ti ho trovata."

"È stata una sorpresa bellissima. Avrei anche potuto morire di infarto."

"Ci vediamo prima che tu riparta?"

"Vieni la sera del 29."

"Contaci."

E poi quel momento deve arrivare e arriva. C'è un bacio, morbido e lento, e mani che si lasciano, tessuti che diventano elettrici, e passi in direzioni opposte. Separazioni di particelle e di attenzione, tagli netti e un battito del cuore che viene saltato e mai più recuperato.

*

Salvatore accende il cellulare e trova le chiamate e i messaggi di Alida. Fa di corsa le scale della metropolitana anche se ormai è tardi. Sente il profumo di Giulia sul collo, l'essenza di mandorle dei capelli, e crede di aver scritto in faccia il suo bacio e il significato del ritardo.

Quando apre la porta di casa, trova la tavola apparecchiata per lui. Suo padre e Alida sono seduti sul divano e stanno parlando.

"Finalmente," esclama suo padre, che si alza, infila le mani nelle tasche dei pantaloni, e con un sorriso cerca di spezzare la tensione.

"Scusate. Avete già mangiato?" chiede Salvatore, che appende la giacca all'ingresso e si toglie le scarpe.

"Sono le nove e mezza," constata Alida, che rimane seduta con le gambe accavallate. "Dove sei stato?" chiede senza distogliere lo sguardo dai suoi occhi, inchiodandolo a nuove responsabilità.

Salvatore valuta menzogne e verità, sceglie in fretta, anche se sa di poter fare male.

"Ho incontrato Giulia," ammette girato di schiena, trafficando con i tegami della cena preparata da Alida. Risotto con i funghi e una frittata con le zucchine.

"Ora vive a New York, è tornata per le vacanze di Natale." Salvatore si siede a tavola, si concentra sul piatto, sul riso freddo che doveva essere buonissimo, ma che ora, per vendetta, sembra fatto con il cemento.

Alida si alza, dà due baci al padre di Salvatore: "Domani mi alzo presto, al supermercato sarà un delirio. Buonanotte".

Le sue pantofole strisciano accusatrici sulle piastrelle, esplicano in maniera chiara la delusione, si dirigono in bagno e poi in camera senza fermarsi da Salvatore.

"Com'è andata?" domanda suo padre, sedendosi al tavolo con lui.

"Come sempre." Salvatore lo guarda e sa che suo padre sta pensando alla moglie.

"La vedrai ancora?"

"Una volta."

“Cosa pensi di fare?”

“Non lo so, papà. Non c’è niente da fare. Riparte fra qualche giorno.”

“Devi decidere. Non puoi tenere Alida sulla corda.”

Salvatore vorrebbe ribattere qualcosa su impegni non presi e contratti non firmati, ma sarebbe una difesa sterile, una maschera che non gli dona. Lascia che il consiglio di suo padre diventi tesoro.

Sparecchiano insieme, come se fossero a casa, parlano ancora dell’isola e degli sbarchi, bevono un amaro. Suo padre prende un sacchetto dalla valigia, e sparpaglia sul tavolo delle fotografie. Sua madre è quasi in ogni foto, ride, sorride o è imbronciata, tiene la mano del marito da giovane, tiene in braccio Salvatore con i capelli ricci che le cadono sul viso, è in spiaggia con il bikini, o a Punta Caladritta con il vento che pare la stia facendo volare.

“Mi piacerebbe che avessi qualche sua foto,” dice suo padre, che dall’alto osserva il riassunto in immagini della sua vita.

“Quante ne posso tenere?”

“Tutte. Le ho fatte stampare per te.”

“Anche questa?” Salvatore sorride, guarda sua madre che tiene per mano Giulia, mentre lui sullo sfondo le osserva incantato.

“È una bella foto.”

“È vero.”

“Guarda questa.” Suo padre è sulla barca, ha un cappello da marinaio in testa, ed è uguale a Salvatore. “Siamo identici.”

“Io ero più bello.”

Ridono piano, ricordano le sensazioni dello stare bene e ne rivivono l’eco.

Più tardi, nel letto, Salvatore si scontra con la schiena rigida di Alida, che finge di dormire e vorrebbe scappare via. Le accarezza il braccio e la spalla, le resta accanto tutta la notte, ma al mattino trova l'impronta del suo corpo sul materasso e la metà del letto vuota. Le lenzuola sono fredde, non è rimasta traccia della sua presenza, tranne oggetti che non vogliono dire nulla.

Salvatore prende un capello di Alida impigliato sul cuscino, lo tende, si spezza. Osserva i punti della frattura, l'invisibile strappo, la superficie non rimarginabile. Gli resta da capire cos'altro si è spezzato e dove.

*

Il padre di Salvatore parte il giorno di Santo Stefano. Abbraccia Alida e Salvatore davanti all'entrata del controllo bagagli dell'aeroporto, e, a dispetto delle apparenze, pensa che supereranno la crisi e continueranno a sostenersi in quel territorio straniero, ad avere sufficienti attracchi comuni per non perdersi. Stare insieme non è altro che la somma di eventi casuali uniti da una scelta condivisa.

Alida cammina al fianco di Salvatore e risponde a monosillabi alle sue domande, si trasforma in un blocco di ghiaccio spigoloso, in una figura sfuggente impegnata nel lavoro dodici ore al giorno. Legge un libro sul divano, con una coperta a quadri sulle gambe, e vive nelle pagine per non vivere nell'appartamento ed essere lì con lui. Si rifugia nel bagno, esce con il pigiama di flanella di una misura più grande, e si infila nel letto, annullando con il buio discorsi e chiarimenti.

La sera del 29 dicembre Salvatore esce di casa prima che Alida rientri dal lavoro. Prende un biglietto e scrive "torno presto", poi si rende conto di non sapere se davvero tornerà presto e lo accartoccia e lo butta nella spazzatura. Spegne le luci, chiude la porta, e lascia le cose come stanno.

La neve tanto attesa si è sciolta con la pioggia, non si è accumulata sui marciapiedi e ai bordi delle strade come la prima volta che è andato a Milano. La città non è più un dedalo imperscrutabile di angoli e grandi piazze, Salvatore la attraversa senza notare alcun particolare, cammina con la fretta tipica di chi vive in un luogo senza orizzonte.

Si ferma di fronte al palazzo di Giulia, lo osserva mentre accaldato si slaccia i bottoni della giacca. Le cornici alle finestre, le persiane di legno, il marmo e la pietra sottomessi a forme geometriche definiscono un'eleganza che pretende contegno.

"Buonasera." Il portiere esce da una stanzetta sul retro, si sistema il nodo della cravatta con un gesto automatico.

"Ho un appuntamento con Giulia." Salvatore cerca la complicità di qualche giorno prima.

Il portiere curva le labbra verso il basso e apre le mani vuote.

"Giulia non c'è," gli dice con un tono che a Salvatore non piace.

"Non è ancora tornata dalla montagna?" domanda con i pensieri volutamente spenti.

"È rientrata questo pomeriggio a prendere le valigie per andare all'aeroporto."

"Non è possibile." Salvatore vuole aver capito male, vuole che il portiere cambi espressione, che si schiarisca la voce e muti la realtà.

"Mi dispiace, è partita per l'America." Il portiere gira attorno al bancone della portineria, prende dalla cassetta portadocumenti una busta rosa e gliela porge.

"Ha lasciato questa per lei."

Salvatore guarda la lettera indignato, simbolo di un grave tradimento, una parola data e non mantenuta. Il suo primo istinto è strapparla in mille pezzi, un atto plateale che il portiere riporterebbe a Giulia in ogni dettaglio. Ma la soddisfazione svanirebbe nell'arco di pochi secondi, e il tarlo di non sapere cosa lei gli abbia scritto lo torturerebbe per mesi.

Salvatore si fida del secondo istinto, che scavalca la rabbia e diventa già dolore. Afferra la busta familiare, eppure mai così estranea, saluta con dignità il portiere ed esce nella città gelida.

Cammina con gli occhi fissi al nero dell'asfalto e ai quadratini dei sampietrini, non si accorge di girare in cerchio, di consumare suole e sospiri, di piegare la busta con le dita rigide per il freddo. Finché si trova di fronte alla panchina con i tre alberi e il cestino. La panchina dove lui e Giulia erano seduti pochi giorni prima, dai quali sembra passato un tempo incalcolabile.

Si siede e apre la lettera, che contiene un foglio con poche righe scritte in un corsivo affilato.

> "Caro Salvatore, averti rivisto è stato un regalo inaspettato. Ho cominciato a sorridere e non ho più smesso, per una felicità compressa che solo tu sai darmi, capace di durare a lungo. La nostra lontananza è fardello e valore, un pensiero costante che ci lega saldamente. Scusami, se al mio posto c'è questa lettera, se non ti ho detto la verità. Se fossi venuta all'appuntamento non avrei trovato la forza per ripartire, ma sono sicura che sarebbe stato un errore per entrambi. Le nostre scelte sono le nostre vite e le nostre esperienze, dobbiamo viverle e aspettare il momento giusto. Milano non è il nostro posto. Io sono con te dove sappiamo di essere. Tua, Giulia."

Salvatore rilegge la lettera tre volte, senza trovare sollievo né speranza. Il presente è troppo ingombrante per permettergli di gettare lo sguardo oltre la piazza, per spegnere l'allarme antifurto del macchinone parcheggiato in doppia fila e provare a sentire il suono di una quiete dimenticata.

Si alza intirizzito e tremante, compie due passi, i più difficili, e depone bruscamente la busta rosa, con il foglio ben ripiegato all'interno, sul muretto che separa gli alberi dal marciapiede. Gli altri passi sono più leggeri, più aumenta la distanza dalla busta più lacerazione e consapevolezza crescono.

Torna a casa a piedi, apre la porta e si toglie a fatica la giacca ghiacciata. Si guarda nello specchio dell'ingresso ed evita i suoi occhi lucidi di febbre, si concentra sul rosso acceso delle gote, sui capelli umidi, schiacciati sulle tempie. Non saluta Alida, seduta sul divano a leggere, e si sdraia sul letto vestito, assopendosi all'istante.

Finché qualcuno, che lui crede sia Giulia, nel dormiveglia lo spoglia e lo infila sotto il piumone, e lo tiene abbracciato fino al mattino, cercando di placare i suoi tremori e il suo delirio.

Alida chiama il lavoro e prende un giorno di permesso per restare a casa ad accudirlo. Gli porta il brodo su un vassoio e lo guarda mangiare senza appetito, gli dà le medicine per abbassare la febbre e gliela misura con il termometro. Gli è semplicemente accanto, parte di quel presente ingombrante che a Salvatore, fra i tre alberi e il cestino, è sembrato oscurare qualsiasi futuro.

*

I mesi passano come giorni, il freddo sembra non volersene andare, a marzo e aprile nevica e Salvatore osserva incredulo i fiocchi bianchi cadere. Suo padre gli racconta al telefono di aver fatto il primo bagno al mare, di abiti leggeri, di turisti fuori stagione.

Il lavoro di imbianchino diventa una parentesi fra gli approfondimenti della biografia di un autore italiano del Novecento e lo studio della struttura di tutti i suoi romanzi. La ripetitività, di parete in parete, lo aiuta a ripassare per gli esami, a rilassarsi ed essere sciolto davanti ai docenti che lo ascoltano con interesse e gli fanno i complimenti per gli ottimi risultati da studente non frequentante.

La routine si instaura con ritmi regolari, orari precisi, sollecitando un lento riavvicinamento fra lui e Alida. Un timido sole aumenta le temperature e invoglia a uscire di casa. Il sabato vanno al piccolo orto botanico di Brera e passeggiano tra piante aromatiche ed esotiche, girano ai margini del centro, scoprendo angoli nascosti della città e parte della sua storia.

Giulia diventa un punto indelebile sullo sfondo, parte di pensieri costanti e non più pensiero unico. Salvatore la immagina in riunioni importanti, in uffici al quarantaquattresimo piano di un grattacielo, circondata da uomini e donne efficienti, che decidono con tratti e linee le forme di un nuovo museo o di un avveniristico ponte. Immagina il suo ragazzo americano, le braccia muscolose e la mascella squadrata, i weekend in macchina lungo la costa e nelle città. Trova la loro incompletezza e la paragona con la sua e quella di Alida, che condividono un appartamento e coltivano una storia senza fondamenta.

Un sabato sera la mano di Alida raggiunge il viso di Salvatore e non se ne va, ristabilisce un ordine agli oggetti nella stanza capovolta, e un sorriso risplende nei suoi occhi. Fare l'amore significa ritrovare inalterato lo spazio conquistato, il confortevole sostegno, la vicinanza di bocche e nasi.

Prima di spegnere la luce dell'abat-jour Alida lo guarda leggere, girare le pagine del libro che le ha regalato il padre di Salvatore. La copertina, il titolo, i personaggi che vivono a Milano sono così veri da ferire nelle somiglianze e nella lucidità. La vita è agra, ma quando lo è diventata?, vorrebbe chiedere a Salvatore, che si volta verso di lei colmo di speranza, sicuro che né lui né lei diverranno mai ectoplasmi.

*

Matteo ascolta stazioni radio che trasmettono musica dance intervallata da lunghi messaggi pubblicitari e deejay che discorrono di idiozie e sbagliano i congiuntivi. Quando annunciano una canzone che gli piace, alza il volume e le casse del furgoncino vibrano nella portiera distorcendo il suono.

È ormai estate, il caldo è torrido, i finestrini sono abbassati, e Salvatore si vergogna di essere a bordo di una discoteca ambulante.

L'odore della vernice permane nell'aria immobile degli appartamenti, non dà tregua neanche in pausa pranzo, nell'afa insopportabile sulla veranda di un fastfood.

Matteo mangia il suo panino sfogliando un quotidiano sportivo, bestemmia per un ipotetico furto arbitrale ai danni della sua squadra. Salvatore ha imparato che con lui non c'è dialogo, che dissentono su tutto, che lo scontro si amplifica quando l'ignoranza su uno specifico argomento è maggiore.

Matteo gli deve due mesi di stipendio, estrae una busta sottile dal marsupio e l'appoggia sul tavolo. Contiene la metà di uno stipendio.

"Potrei anche pagarti in panini e acque minerali. Tanto non è che ti resti molto, oltre a quello." Ride della battuta e riprende a osservare le immagini sul giornale.

"Perché non mi fai un contratto regolare?" Salvatore osserva un venditore ambulante che si rinfresca a una fontanella. Si chiede a quanti chilometri di distanza si trovi la sua famiglia, a costo di quale sacrificio sia finito nella periferia milanese a vendere fazzoletti di carta e stupidi oggetti cinesi.

"Mettili via, è meglio." Matteo indica con un cenno i soldi, finge di non aver sentito la domanda.

Salvatore si alza, cammina avanti e indietro all'ombra di un caseggiato popolare. Sorride a una ragazza carina, e pensa che potrebbe essere una delle ragazze che d'estate sbarcava dai traghetti e che lui e i suoi amici salutavano sul molo. Gli piacerebbe rincorrerla e chiederle se è davvero lei.

Matteo sale sul furgoncino, impugna il volante rovente avvolgendolo con uno straccio, accende l'autoradio e suona il clacson per chiamare Salvatore.

Escono dal parcheggio, percorrono i viali che portano alla periferia ovest della città, diretti a un appartamento che devono ridipingere tutto di azzurro.

Si fermano a un semaforo rosso. Due anziani con le buste della spesa e una ragazzina in pantaloncini e maglietta, con le cuffie nelle orecchie, attraversano l'incrocio. Matteo si affaccia dal finestrino e si esibisce in un volgare fischio di apprezzamento, seguito da frasi oscene.

"Hai visto con il caldo come si scoprono? Vanno in giro mezze nude e poi fanno le schizzinose."

Manda su di giri il motore, si abbassa per guardare il semaforo alla sua destra.

Un autobus accosta alla fermata dietro di loro. Salvatore nota un ragazzo scendere e correre verso l'incrocio.

Matteo è pronto a scattare, prima, seconda, terza, e di nuovo prima al prossimo stop.

Il semaforo pedonale è giallo, al ragazzo manca ancora qualche metro, ma è deciso ad attraversare lo stesso.

È rosso quando mette il piede sulle strisce, ed è verde quando Matteo lascia andare la frizione e schiaccia l'acceleratore.

Il furgoncino balza in avanti, i copertoni consumati producono un breve fischio sull'asfalto. Il ragazzo blocca la corsa, riesce a fare un passo indietro, ma non a evitare l'urto con lo specchietto retrovisore del lato passeggero.

Matteo schiaccia il freno e ferma il furgoncino nel mezzo dell'incrocio. Le latte di vernice sbattono contro gli schienali, una si capovolge e rovescia il denso contenuto sul pianale, imbrattando utensili e scale di legno.

Apre la portiera e scende, le macchine gli sfilano accanto indifferenti. Punta il dito contro il ragazzo, che si tocca un fianco dolorante e lo osserva spaventato.

"Rumeno di merda! Vieni qui!"

Il ragazzo arretra, si guarda alle spalle.

Matteo accenna uno scatto: "Se ti prendo, ti ammazzo".

Il ragazzo scappa, zoppica sul marciapiede, scavalca il guardrail e sparisce fra le sterpaglie di un campo.

Salvatore controlla lo specchietto danneggiato, che penzola contro la carrozzeria con i fili di sostegno esposti. Osserva Matteo sistemarsi il cavallo dei pantaloni, tornare soddisfatto al furgoncino e notare il lago di vernice che sta colando dal portellone posteriore.

Si mette le mani tra i capelli.

"Avrei dovuto stirarlo sull'asfalto."

Un automobilista suona il clacson e lui gli inveisce contro con la bava alla bocca.

Nell'abitacolo la puzza di vernice è intollerabile.

"Muoviti, prendi il rotolo di carta. Dobbiamo pulire." Si infila al posto di guida, mette in folle e spinge a bordo strada il furgoncino.

Salvatore potrebbe dirgli tante cose, ma pensa che sarebbe inutile e si dirige alla fermata dell'autobus da cui è sceso il ragazzo.

Matteo urla qualcosa di indefinito, sbatte la portiera e lo raggiunge.

"Dove cazzo credi di andare?" gli sbarra la strada, lo spinge indietro con le mani aperte sulle spalle.

"Dove mi pare." Salvatore si irrigidisce, sa che Matteo non avrebbe scrupoli a colpirlo e a rompergli il naso.

"Fai un altro passo e ti licenzio."

Salvatore sorride, scuote la testa. "Non puoi farlo. Non mi hai assunto, ricordi?"

"E invece posso. Ti mando a chiedere la carità, a vivere sotto i ponti."

"Forse ti stai sopravvalutando."
"Voglio vedere come fai senza soldi."
"Intendi senza i soldi che mi devi?"
"Non ti devo niente," dice con un ghigno Matteo, che tiene i pugni sui fianchi e mostra i muscoli.
Salvatore fa un salto in avanti a piedi uniti. "Ti basta come passo?" Poi riprende a camminare. "Questi passi sono sufficienti?"
"Dobbiamo finire il lavoro. Torna indietro." Matteo cambia atteggiamento, impressionato dalla mancanza di timore di Salvatore.
Estrae il portafoglio, lo segue con una banconota da cento euro in mano.
"Oggi pomeriggio ti pago il doppio, e ti restituisco gli arretrati."
Salvatore vede un autobus arrivare, non conosce linea e destinazione, ma si avvicina alla fermata. Si toglie la tuta da lavoro ricoperta di macchie di vernice e la lancia a Matteo.
"È tardi, ormai mi hai licenziato."
Matteo non ci crede fino a quando non vede Salvatore salire e chiedere indicazioni al conducente. Ed è davvero tardi quando ricomincia a insultarlo, avvolto dalla nuvola nera del gas di scarico dell'autobus.
Salvatore si siede su uno dei sedili di plastica dura, considera di essere un disoccupato, e contemporaneamente di avere tutte le possibilità aperte e nessuno sguardo da gettare indietro. Incrocia nello specchietto retrovisore gli occhi dell'autista e vorrebbe incitarlo ad andare avanti, avanti tutta.

*

Studiare a tempo pieno consente a Salvatore di rimanere in pari con il programma di esami. L'appartamento con le finestre aperte è un forno che fa sudare stando fermi e incolla la pelle scoperta al legno delle sedie. Nel letto, di notte, Salvatore boccheggia, non dorme, pensa ai soldi e a come procurarseli.

Un professore, incuriosito da un suo racconto incentrato sul periodo in cui ha insegnato italiano nel centro di accoglienza, gli propone di dare ripetizioni agli studenti del liceo in cui insegna la moglie.

I pensieri di Alida e Salvatore, abituati all'instabilità, non vanno mai oltre gli impegni della settimana successiva, all'anticipo per l'affitto, alle bollette da pagare. Si siedono al tavolo della cucina e controllano gli estratti conto della banca, verificano la soglia di galleggiamento e quando vanno sotto si guardano spaventati.

Il contratto di Alida scade a novembre e non viene rinnovato. Salvatore accetta tutte le richieste di appuntamento per dare ripetizioni, parla al telefono con madri ansiose e conferma di poter tenere le lezioni a domicilio. Si muove da una parte all'altra della città, studia negli spostamenti, chiede scusa per un ritardo, e chiude gli occhi per non domandarsi il motivo di tanto dannarsi.

Aiuta Alida a compilare il curriculum, che spediscono per mail a centinaia di aziende e attività commerciali. La accompagna in un'agenzia di lavoro interinale, in cui raccolgono i suoi dati e dicono che le faranno sapere.

Il nuovo anno è un numero sul calendario, una settimana trascorsa a Bologna dai genitori di Alida, una telefonata dall'agenzia interinale che la assume con un contratto a progetto per fare la receptionist in un'azienda che produce cosmetici, un ventisei in filosofia che rovina la media del trenta di Salvatore, due compleanni uguali ai precedenti, un ritardo di dieci giorni di Alida che li inchioda in un'attesa senza respiro, e giornate di sole, di nebbia, di caldo e di freddo.

Quando il tempo accelera la vita rallenta, i particolari si ammassano indistinti, mentre i grandi progetti, osservati da lontano, risultano nitidi, immobili come montagne con vette aguzze, impossibili da scalare. Alida e Salvatore la notte sognano e vivono in paesi alternativi, sono al mare o sulla luna, di giorno, invece, sono attaccati a una realtà che ingloba e toglie la visione laterale, procedono nella catena di montaggio pensando che un giorno, o tra un anno, o tra un decennio, ci sarà la svolta, un punto di arrivo.

*

Salvatore rientra a casa dal solito giro di ripetizioni a studenti ottusi, che non hanno alcun interesse nel latino, e trova Alida ad aspettarlo sul divano, con le mani in grembo e un'espressione compressa che potrebbe essere di gioia o di tristezza.

"Ho una proposta." Con un gesto del braccio lo invita a sedersi.

Salvatore pensa a una cena fuori o a un fine settimana al lago.

"Ieri è scaduto il mio contratto a progetto."

"Non hai detto che te lo avrebbero rinnovato?"

"Me lo hanno chiesto, ma ho rifiutato. Sono stufa di essere precaria, in balia di decisioni altrui, di tre mesi in tre mesi."

"Potevi parlarmene."

"Ci ho provato, ma eri troppo preso con lo studio e il lavoro, sempre concentrato sui libri."

"Sto preparando l'ultima sessione di esami prima della tesi, lo sai." Salvatore accende il meccanismo difensivo.

"Non ti sto accusando."

"Sembrava."

"Non voglio litigare. Voglio parlare di una bella cosa, di

qualcosa che possa toglierci dall'inganno in cui ci siamo incastrati giorno per giorno."

"Di quale inganno stai parlando?"

"Di questo appartamento, di questo quartiere, e della nostra vita."

"Credevo ti piacesse."

"All'inizio, ma ora non più. Immagina una pianta, ha bisogno di acqua e di luce. E tra noi c'è sempre stata l'ombra di Giulia."

"Non la vedo e non la sento da secoli. Potrebbe essersi sposata, per quanto ne so."

Giulia, che rimbalza tra loro e rompe i soprammobili, i vetri delle finestre.

"Salvatore, non è quello che vorresti. Solo questo conta. Abbiamo costruito mura senza porte, una prigione. E io cosa dovrei fare? Accontentarmi del tuo affetto? Non sono il ripiego di nessuno." Alida si morde le labbra, si torce le dita delle mani.

"Non lo sei." Salvatore la guarda, prova a crederci.

Ad Alida scappa una lacrima, la raccoglie con il dorso della mano prima che atterri sul divano.

"Non rovinare tutto come al solito. Questo dovrebbe essere un bel momento."

Salvatore fa un lungo respiro, si riempie e si svuota, elimina la paura, affronta la realtà sotterrata con costanza.

"Ti ascolto."

L'espressione di Alida si illumina.

"Ho firmato il contratto per la gestione di una bottega del commercio equo e solidale."

"Quando?"

"Due ore fa. È in viale Pasubio, quasi in centro."

"Come hai fatto?"

"Ho un socio, un avvocato che ha curato tutti i dettagli."

"E chi è?"

"Sei geloso?"

"Un po'."
"È Luca. Lo hai conosciuto alla cena che abbiamo fatto con i miei colleghi."
"È simpatico."
"È anche carino."
"Non starai esagerando?"
"Non stiamo mica insieme, io e te."
"L'ho saputo adesso."
"Possiamo far finta ancora per stanotte."
"Possiamo farlo per quanto ci pare."
"Ti voglio bene, Salvatore."
"Ti voglio bene anch'io."
Il maglione di Alida è morbido, nell'abbraccio c'è nostalgia per ciò che sono e per ciò che un giorno non saranno più.
"Andiamo fuori a cena." Salvatore si alza, la prende per mano.
"Aspetta. Non ti ho ancora fatto la proposta."
"Non so perché, ma mi terrorizza."
"Luca partecipa con una quota, ma ha il suo lavoro, e io non posso smettere di aver bisogno di te."
"Vorresti assumermi?"
"Vorrei continuare ad averti al mio fianco. Puoi lavorare in negozio oppure entrare in società con noi."
"Ho le ripetizioni e la tesi da scrivere."
"Guadagnerai la stessa cifra, e non dovrai correre in giro per tutta Milano sui mezzi pubblici."
"Devo studiare."
"Potrai studiare in negozio, avere orari flessibili. Devi solo dire di sì."
"Come quando hai deciso di partire dall'isola."
"Lo abbiamo deciso insieme."
"Mi hai dato tre secondi per decidere."
"Uno."
"Non crederai che io molli la mia routine consolidata."
"Due."

"Alida!"
"Tre."
"D'accordo, va bene, vengo a lavorare per te." Salvatore apre le braccia.
"Sul serio?" Alida fa un salto, ride. "Giuro, questa volta non ci speravo. Avrei scommesso che mi avresti detto di no."
"Posso cambiare idea?"
"Smettila e vieni qui."
Dimenticano la cena, affamati da un equilibrio instabile che li spinge a una continua ricerca di loro stessi in un territorio di confine che presto valicheranno, attratti dalla novità, dalla sensazione di perdita che ogni cambiamento porta con sé. Danno corpo alla loro vicinanza, al desiderio di continuare a essere un sostegno l'uno per l'altra, avanzando a tentoni su una ripida salita, volendosi bene.

*

All'inaugurazione della bottega ci sono un centinaio di persone. Alida è raggiante, corre da una parte all'altra, fiera delle vetrine, degli scaffali, dell'effetto cromatico delle pareti pitturate da Salvatore. Ha lavorato sodo per settimane, dall'alba a notte inoltrata, e ora si gode il rinfresco e i complimenti di Luca e dei suoi amici.

Salvatore esce con lei la mattina, trascorre le giornate in negozio a ricevere scatoloni provenienti da ogni parte del mondo. Dietro il bancone i suoi libri restano aperti, con una matita tra le pagine, spesso dimenticati fino a sera.

La carica a molla che ha stimolato lo studio si inceppa, l'obiettivo si appanna, la facilità si trasforma in fatica, in immagini di avvenire in scuole confinanti con zone industriali, senza alberi, cielo, né mare.

Si presenta impreparato all'ultimo esame del suo corso, si

arrampica sui vetri per mettere insieme risposte coerenti. Il docente sfoglia il suo libretto e lo osserva perplesso, dice che, nonostante l'ottima media, non può dargli più di diciotto. Salvatore accetta il voto, si accorge dell'inutilità del giudizio, sente qualcosa dentro di lui frantumarsi in pezzi troppo piccoli per essere ritrovati.

Torna a casa sudato e stanco, come se avesse corso una maratona. Si spoglia, apre l'acqua fredda della doccia che lo fa tremare, saltare, e gridare.

Sente il peso delle pietre ingoiate, delle rinunce, si guarda le dita delle mani e non trova più il filo srotolato da bambino che lo legava a Giulia. Quando lo ha perso?, si chiede con sgomento, come ha potuto credere che il tempo sarebbe stato infinito e che li avrebbe aspettati?

Si rende conto ora, senza appello, di aver accettato un diciotto anche nella vita e di aver lottato poco o nulla per essere più preparato.

Si veste in fretta ed esce per raggiungere casa di Giulia con patetico ritardo, svuotato di idee, del brillio necessario a illuminare strade alternative, meno scontate.

Entra trafelato nella portineria, e una signora con una stazza notevole gli si para di fronte.

"Desidera?"

Salvatore la guarda sorpreso.

"Non c'è più il signore con l'accento napoletano?" Ricorda la sua telefonata a Giulia per farla scendere.

"Mio marito?"

"Il portiere."

"È tornato al Sud, quattro mesi fa."

"Perché?" domanda indiscreto Salvatore, come se saperlo potesse fargli recuperare le cose non fatte e le cose non dette.

"Lei chi è?"

"Sono il ragazzo dell'isola. L'isola di Giulia."

"La signorina Giulia non c'è," si affretta a dire la signora, che lo squadra sospettosa. Nessuno le ha raccontato di lettere dalla busta rosa, né dell'isola di cui parla Salvatore.

"Lo so, è a New York, vero?"

"Non sono tenuta a darle informazioni."

"Glielo dico io, è a New York. E l'ho persa."

"La prego di andarsene." La signora indica il portone e prende il cellulare dalla borsa.

"Mi saluti suo marito." Salvatore scende i gradini ed esce in strada.

"Spero di non avere l'occasione," ribatte la signora, che sistema un angolo della moquette e si assicura di chiudere bene il portone.

Salvatore pensa al portiere, alla sua probabile fuga dalla moglie rancorosa, alle innumerevoli occasioni di ricominciare che la vita offre.

Il timido sole primaverile scompare tra le nuvole. Il centro di Milano lo sfida con l'immutata freddezza del marmo lavorato e dell'acciaio piegato. Nell'andatura lenta, nel modo di parlare di Salvatore c'è il risultato del lavorio che consuma le resistenze e mette in atto una ribellione.

Un ragazzo gli consegna un volantino con delle croci e delle scritte nere e verdi che recitano: "Padroni a casa nostra. Rimandiamoli a casa loro".

Salvatore si ferma, restituisce al ragazzo, che non ha più di vent'anni, il volantino, e dice: "Grazie," indicando la piazza, i palazzi, i sampietrini.

"Per cosa?"

Altri ragazzi, che indossano pettorine con la stessa frase del volantino riportata a caratteri cubitali, li attorniano per ascoltare cos'ha da dire Salvatore.

"Per avermi ricordato cosa è giusto e cosa sbagliato."

"Sei un provocatore?" gli chiede minacciosa una ragazza, con la borsa e la felpa marchiati da un enorme logo pubblicitario.

"No," risponde Salvatore con un sorriso.

“Sei un comunista?” gli domanda il ragazzo che gli ha dato il volantino.

“No.” Salvatore ride.

“Da dove vieni?”

“Da un’isola. Dove non esistono i vostri schemi, dove ci sono confini di mare e di orizzonte.”

“Come sono le spiagge?” chiede un ragazzo più basso degli altri, con gli occhiali e la faccia tonda.

“Bellissime. Dovreste venirci, il mare è di tutti i colori del blu.”

“Perché sei qui?” La ragazza lo fissa con aria di sfida, non vuole cambiare discorso.

“A casa vostra?”

“Sì, a casa nostra,” rispondono in coro tre o quattro.

“Non lo so più nemmeno io.”

“Sei venuto a rubarci il lavoro,” prova a indovinare il ragazzo del volantino per mettersi in mostra davanti alla ragazza firmata, che infatti lo guarda compiaciuta dalla sua arguzia.

“Ho fatto l’imbianchino, ma ho lasciato il posto, perciò è vostro se lo volete. In nero, senza contributi e senza diritti.”

“Io l’imbianchino non lo faccio,” dice uno di loro.

“Almeno non è un clandestino,” dice un altro.

“A me piacerebbe andare in vacanza nella sua isola,” dice il ragazzo con gli occhiali. “Mi farebbe bene per l’asma.”

“Così potresti darci una mano,” suggerisce Salvatore.

“A fare cosa?”

“Ad accogliere chi arriva.”

“Chi?”

“I migranti.”

Una protesta cacofonica di frasi sentite alla televisione e lette su quotidiani di partito investe Salvatore, che alza le mani e dice: “Va bene, mi arrendo. Me ne vado, torno a casa”.

Prosegue il suo cammino e raggiunge il negozio di Alida

all'orario di chiusura. Non entra, resta fuori, nel cono d'ombra a lato delle vetrine illuminate.

Lei sta chiudendo la cassa, Luca le è accanto, in giacca e cravatta, gesticola, le dà una carezza, ride, ridono. Salvatore assiste alla loro ricerca di sintonia, alla ricezione e all'interpretazione di segnali di avvicinamento. Vorrebbe andarsene, eppure si impone di restare, per nutrirsi della nascita di qualcosa che avrebbe potuto avere e che si è fatto scappare dalle mani. Si riempie il petto dei sorrisi di Alida, della sua possibile felicità lontana da lui, e poi del bacio appassionato che scambia con Luca. Forse il primo, o uno dei tanti, non importa, Salvatore sa che è giusto così, che le strade sono molte e ognuno deve cercare la propria, con tenacia, senza smettere di crederci.

*

Alida fischietta un allegro motivetto degli anni sessanta, si sposta da uno scaffale all'altro con uno straccio in mano e una leggerezza simile al volo di una rondine, al pattinamento su ghiaccio di una campionessa olimpica.

Accoglie una cliente reduce da un pessimo risveglio, con i capelli schiacciati sulla nuca e le borse sotto gli occhi, e riesce a farla divertire con consigli e commenti sul regalo adatto per un matrimonio. Salvatore, invece, impacciato, mostra dei vasetti in terracotta a una signora che, dopo aver polemizzato sul prezzo eccessivo, esce dal negozio senza salutare.

"Se fosse per me, chiuderesti domani," le dice in un momento di pausa, poco prima di mezzogiorno.

"È solo una questione di sguardo. Basta modificare leggermente la prospettiva e tutto può cambiare." Alida continua a spolverare instancabile.

"E tu l'hai modificata la prospettiva?" Salvatore si siede sullo sgabello dietro la cassa e la osserva.

Lei si irrigidisce, consapevole di essere trasparente ai suoi occhi.

"Un po' sì."

"Si chiama Luca?" Salvatore si diverte a metterla in difficoltà.

Alida diventa rossa in viso come una cliente sorpresa a rubare. Le scivola lo straccio, si china a raccoglierlo.

Poi prende la rincorsa e svela il segreto.

"Mi ha chiesto di andare a vivere con lui."

"Uao!" Salvatore batte le mani.

"Non gli ho detto di sì. Forse è troppo presto." Alida è sempre più rossa.

"State bene insieme."

"Tu cosa ne sai?"

"Passavo di qui ieri sera, vi ho visti."

"Spione."

"Quando pensavi di parlarmene?"

"Mi dispiace. Volevo rifletterci un po'." Alida non ha più l'espressione spensierata di prima, non fischietta più.

Salvatore va da lei e le accarezza una guancia.

"Sono felice per te. Se quello che vuoi è dirgli di sì, diglielo."

"Tu come farai?"

"Io me la caverò."

"Non puoi pagare l'affitto da solo."

"Lasciare quel maledetto appartamento non può che essere una buona notizia. Stasera vado a dare la disdetta al proprietario."

"Mi vengono le vertigini." Alida si appoggia al bancone.

"L'importante è non cadere."

"Ho paura di perderti."

"Smettila, non succederà. Ora vai."

"Dove?"

"A dare la buona notizia a Luca."
"Sta lavorando."
"E allora?"
"E allora forse non è il caso."
"Se entro tre secondi non corri da lui, faccio una proposta di acquisto a tuo nome per il nostro appartamento."
"Oddio, no."
"Uno."
"Fammi prendere la borsa."
"Muoviti! Due."
"Aspetta. Sto bene?"
Alida indossa una minigonna e una camicetta di seta a maniche corte, i suoi occhi sono accesi, pronti a guardare lontano da Salvatore.
"Sei splendida."
"Grazie."
Gli dà un rapido bacio e fugge via, prima che lui possa dire "tre" e magari fermarla, farle cambiare idea, ricordarle l'amore che ha dovuto nascondere sotto il tappeto.

*

La tesi sull'emigrazione nella letteratura italiana del Novecento è sul tavolo. Salvatore la scruta con sospetto da qualche metro di distanza, gli pare sia stato un mero esercizio tecnico che non potrà mai raccogliere e raccontare il dolore che spinge chi muore di fame ad abbandonare tutto.

Accanto c'è la busta con i soldi dell'ultimo mese di affitto, tra pochi giorni Alida si trasferirà definitivamente da Luca e Salvatore ha di fronte una distesa di possibilità simile a un grande vuoto.

Un vuoto che si materializza quando prende il telecomando e accende il televisore, che mostra immagini tragicamente familiari di un'isola con un porto assediato, cadaveri infilati in buste ignifughe e superstiti che piangono.

Nella notte un peschereccio partito dalla Libia, a un chilometro dalle coste dell'isola, ha preso fuoco e si è spezzato in due, rovesciando i passeggeri nell'acqua fredda e agitata.

Un giornalista si muove con un microfono in mano, la voce rotta elenca un conteggio sottolineato da una scritta bianca su sfondo rosso. Il nome dell'isola di Salvatore viene ripetuto più volte, collegato a trecento morti e numerosi dispersi. Si parla di uomini incapaci di nuotare, di donne andate a fondo come sassi, di bambini sommersi dalle onde.

Una volontaria è inquadrata dalla telecamera, l'operatore avvicina l'obiettivo al viso della donna distorto dalla disperazione e lo diffonde nelle case di tutto il mondo.

Un uomo, sceso dalla motovedetta della guardia costiera, sostenuto da un infermiere, urla nel microfono, in perfetto inglese, che i pescherecci presenti nella zona del naufragio non li hanno soccorsi, si sono mantenuti distanti, non hanno invertito la rotta.

Salvatore sente il cuore rallentare, anestetizzato dalla lontananza, dalla prospettiva che non può essere la stessa.

L'accusa dell'uomo lo colpisce in faccia e lo tramortisce. È rivolta anche a lui, che è andato via e non ha fatto nulla per impedire che succedesse. E indignarsi non serve, quando si guarda un televisore e l'unica opzione è cambiare canale.

Compie un giro della stanza, stringe i pugni, guarda fuori dalla finestra le luci, i palazzi, i viali trafficati, i tralicci dell'alta tensione, e non trova nessun motivo per essere lì.

La storia si ripete, il mondo è spezzato in due come il barcone, e accettare di fare parte della metà più fortunata non può essere esente da responsabilità.

Guarda la tesi e si accanisce sui fogli, strappandoli, trasformando i ringraziamenti in consigli sbagliati.

Va in camera, si arrampica con la scala in cima all'armadio e prende le valigie rimaste ad aspettarlo dal giorno dell'arrivo a Milano. Prenota su internet un posto sul primo volo disponibile, stampa il biglietto e si incanta a leggere il nome della sua isola.

Andare a casa è la sua scelta.

Alida rientra dal negozio, trova le valigie pronte all'ingresso e capisce che Salvatore sta partendo e non tornerà più.

"È terribile," dice accucciandosi sul divano accanto a lui, mentre il televisore continua a trasmettere immagini in diretta. "A che ora hai l'aereo?"

"Domani mattina. Alle sette."

"Come farai per la tesi?"

"È lì." Salvatore indica il cestino colmo di fogli accartocciati. "La scadenza per la consegna era oggi, ormai è tardi. Ma non importa, ciò che ho studiato mi appartiene."

Alida vorrebbe togliergli dal viso la sconfitta.

"Ci hai provato."

"Ci abbiamo provato," la corregge Salvatore.

"E ne è valsa la pena?"

"Sempre."

"Mi mancherai."

Quando è notte, si infilano sotto le lenzuola e restano a guardarsi nel buio, finché il sonno li vince e li lega nei sogni con nodi complicati quanto le relazioni.

Al mattino respirano l'addio, si muovono con cautela, attenti a ogni gesto per condensare ricordi che comunque verranno sfilacciati dagli anni a venire.

Milano lo saluta con un sole che si specchia nei vetri delle finestre e si riflette dappertutto. Alida è con lui, di fronte all'entrata della metropolitana. La forza del distacco li colpisce come uno schiaffo. Si voltano e si perdono, passo dopo passo, linee rette con destinazioni differenti, che per un momento si sono toccate.

Le parole arrivano, stanno arrivando e arriveranno ovunque

Salvatore osserva dall'aereo la bianca fioritura delle scille e ricorda sua madre che le definiva gioielli incastonati nella roccia. L'isola è un tavoliere inclinato, con Capo Ponente e Albero Sole più in alto e il paese e l'aeroporto in basso, a lambire l'acqua, come se il peso delle tragedie la stesse schiacciando e affondando poco alla volta.

Le brutte navi militari pattugliano le coste, sporcando di grigio l'orizzonte blu. Il segnale di allacciare le cinture di sicurezza viene acceso in preparazione dell'atterraggio, del duro contatto con la terra, di un ritorno che vuole essere definitivo.

A casa lo accoglie il profumo di erbe aromatiche e di verdura dell'orto raccolta e sistemata in cassette di legno. Le persiane a sud, socchiuse per proteggere dal caldo, lasciano i locali in una penombra a cui gli occhi devono abituarsi per ritrovare i dettagli, la familiarità degli oggetti e della loro disposizione su mobili e mensole.

Gli sembra di non essere partito, di non essere mai andato via, di aver unicamente spostato lo sguardo per qualche tempo, rimanendo lì, nelle stanze affacciate sul paese, con l'eco delle onde nelle orecchie e i vasti spazi in cui smarrirsi.

Suo padre non c'è, lascia le valigie ed esce a cercarlo. Attraversa la piazza, salutato con strette di mano di bentornato e pacche sulle spalle. Per un giovane che torna, dicono, dieci se ne vanno. Nelle voci la rassegnazione al lutto, la fatica di un assedio pacifico, ma disastroso. C'è chi ha esposto una lavagna fuori dalla porta, con tante piccole crocette rosse a ricordare le vittime annegate nel Mediterraneo dall'inizio dell'anno.

Al porto gli abitanti concentrano con la loro presenza un cordoglio che pare infinito. Le bare di legno chiaro sono ammassate a pile di cinque, quelle nei magazzini non sono sufficienti e ne sono state ordinate altre dal continente. Una fila di tendoni copre alla vista le operazioni di riconoscimento, una bara entra vuota ed esce con un cadavere, caricata su furgoni delle pompe funebri. Il viavai di mezzi è continuo, gli sguardi accompagnano i furgoni sul traghetto per un ultimo viaggio con destinazione ignota.

Il silenzio immerge l'isola, i gabbiani restano sui moli e sugli scogli, la partecipazione è assoluta.

Salvatore trova suo padre tra la folla. Resta dietro di lui qualche secondo, notando le linee delle spalle e della schiena incurvate dall'età. Prova nostalgia della facilità con cui lo sollevava da bambino e lo teneva in braccio. E nei capelli ormai bianchi scopre la velocità dei ricordi.

Gli stringe un braccio con delicatezza, e annuisce quando lo riconosce e sembra non credere di averlo affianco.

Si abbracciano impacciati tra la gente che li osserva, si dicono qualcosa sottovoce.

Si defilano per restare soli, per darsi il tempo di riaversi accanto.

Raggiungono senza parlare il deposito delle "carrette del mare", sequestrate e ammucchiate una accanto all'altra a marcire in un museo a cielo aperto. Pezzi di legno e di lamiera che, con infinita speranza, hanno solcato chilometri di mare per raggiungere la loro isola. Leggono le scritte incomprensibili sugli scafi con la vernice scrostata e pensano ai passeggeri, al loro destino e a dove sono ora.

Proseguono per il sentiero che costeggia il porto e continua verso la spiaggia, battuto da un sole che riscalda la schiena e riconcilia con i sassi e le spine dei fichi d'india, con il panorama che toglie e ridà il respiro, e li aiuta a parlare delle conseguenze delle scelte, a raccontare partenze e ritorni.

"È bello riaverti a casa."

"Grazie. Avevo bisogno di sentirmelo dire."

"Hai fame?"

"Abbastanza."

"Allora andiamo a preparare una bella pastasciutta con i pomodori freschi."

Dopo pranzo portano le valigie nella camera di Salvatore. Sulla scrivania ci sono tre lettere dalla busta rosa con i francobolli e i timbri delle poste americane.

"L'ultima è arrivata quasi un anno fa," dice suo padre con pudore, come se l'interruzione della corrispondenza fosse avvenuta a causa sua.

"Da quando è morta mamma, non le ho scritto neanche una riga." Salvatore prende le buste, legge le date, le collega a Milano, ai giorni che si assomigliano tutti.

"Non l'hai più vista?" chiede suo padre, che si appoggia allo stipite della porta e incrocia le braccia.

"Avevamo un appuntamento, ma lei non è venuta."

Salvatore apre il cassetto della scrivania e lascia cadere le lettere all'interno, insieme a quelle lette e ben ordinate.

Una storia ora racchiusa in un piccolo spazio, vissuta su un'isola di orizzonti sconfinati.

*

La barca è ormeggiata al solito posto. Salvatore non vede l'ora di essere al largo, toglie la cerata di copertura dello scafo, scioglie le funi ma, quando sta per accendere il motore, un uomo che corre sulla banchina lo chiama per nome.

Ha lunghi capelli biondi, la barba, i jeans strappati, una maglietta bianca e l'andatura di un amico che non vede da anni.

Salvatore lo osserva, recupera i ricordi.

"Salta su, straniero," gli dice.

Fedele sale sulla barca, si lega i capelli con un elastico, annuisce e lo abbraccia, ancora incredulo di avere di fronte Salvatore.

"Sei tu a essere pallido quanto uno straniero. Sembra che ti abbiano messo in lavatrice a novanta gradi."

"Sono reduce da inverni milanesi."

"Qualcosa ho saputo."

"Io di te, invece, non so niente."

"Metti in moto, abbiamo tante cose da raccontarci."

Salvatore e Fedele escono dal porto, si dirigono lontani dal viavai di motovedette e pescherecci in disuso noleggiati da reporter provenienti da tutto il mondo. Il mare, calmo e piatto, non sembra lo stesso mare che inghiotte uomini e donne con sorda insistenza.

I due amici restano in silenzio, non hanno fretta, conoscono il valore del tempo e ne prendono la misura.

Poi Fedele fa un lungo sospiro e racconta di aver cercato Jamila per più di un anno, di essere stato in Germania, in Francia, in Belgio e infine in Inghilterra, di aver parlato con i suoi parenti, di aver ottenuto poche informazioni e che quelle informazioni avrebbe preferito non saperle. Le persone possono sparire, ingannate da finte promesse, non avere diritti e diventare schiave, nei campi a raccogliere frutta e verdura per due soldi, o sulle strade a vendere il proprio corpo.

"Potrebbe essere ovunque, in una strada in Sicilia o nella periferia di Hannover. Ci ho provato, Salvatore, ma alla fine mi sono arreso. Sono stato un anno da mia madre in Norvegia, restando alla finestra a guardare i pini del bosco. Poi ho pensato che l'unica cosa che potessi fare per rimediare al fatto di averla persa era tornare sull'isola e provare a essere d'aiuto ad altri come lei." Fedele immerge una mano nell'acqua e se la passa nei capelli.

"Da quanto sei qui?"

"Dall'inizio dell'estate. Ho sistemato la rimessa delle barche, ho aperto un sito internet per diffondere informazioni sulla situazione dell'isola. Ora che ci sei anche tu, sarebbe bello ricominciare a dare lezioni di italiano al centro di accoglienza."

"Sono qui per questo. Anch'io sono rimasto alla finestra per troppi anni."

"Alida è tornata con te?"

"No, è rimasta a Milano. Ora ha un negozio e un fidanzato."

"E brava Alida."

"Merita di essere felice."

"Questo è sicuro. Facciamo il bagno?" Fedele si toglie la maglietta e i jeans.

"Sono qui anche per questo." Salvatore pregusta il contatto con il mare, l'abbraccio che solo l'acqua della sua isola gli può dare.

Si tuffa di testa, scende qualche metro sotto la superficie, apre gli occhi e nei riflessi di luce, nel movimento perpetuo, ritrova il suo equilibrio. Spinge con le braccia e le gambe, nuota e torna a respirare.

"Ho un'idea per il tuo sito," urla a Fedele. "Raccontiamo le storie dei migranti a chi non ci crede. Diamo a ognuno un nome e un paese d'origine, una famiglia abbandonata o perduta. Diamo voce a chi arriva sulla nostra isola."

Fedele lo raggiunge, coglie nella determinazione di Salvatore il senso di essere lì.

"Possiamo tradurlo in varie lingue, renderlo accessibile a

più persone possibile. Organizzare incontri, attirare l'attenzione."

"Dobbiamo cominciare subito."

Nuotano fino alla barca, risalgono a bordo, pensando alla realizzazione di un progetto comune.

L'immobilità si sconfigge con la voglia di cambiare il mondo, e la voglia di cambiare il mondo è il segreto per smascherare scenografie di plastica e compensato e cancellare i sorrisi di cemento.

Salvatore e Fedele si muovono sull'isola con l'entusiasmo di bambini che hanno scoperto il male e vogliono combatterlo. Ottengono un'autorizzazione per ricominciare le lezioni di italiano, trascorrono i primi pomeriggi a riprendere contatto con i migranti, con le parole e il loro significato.

La sera cenano nella rimessa delle barche ristrutturata da Fedele, nell'ampia stanza con il pavimento in legno e le pareti ricoperte di quadri comperati nei mercatini d'arte di mezza Europa.

Il caleidoscopio di colori, riflessi dai faretti alogeni, concilia a parlare con calma, a trasformare un'idea in qualcosa di concreto.

Fedele resta sveglio la notte. Programma il sito, le sezioni articoli e racconti, crea un forum per dialogare con i lettori. Il battere di tasti del computer è frenetico.

Salvatore scrive ovunque, carica la batteria del computer e raccoglie l'ispirazione dal fruscio delle foglie, dalla bassa e dall'alta marea. Rivede la pancia di una donna incinta, ne ricorda il viso, le trecce nere, un figlio che la tiene per mano. Un uomo con decine di cicatrici sulla pelle e la capacità di sorridere ancora. La velocità di pensiero di un ragazzino introverso che ha imparato l'italiano e vuole diventare medico. Storie comuni, appiattite dai numeri e dalla miseria, che divengono speciali ascoltate una a una.

Salvatore riempie gli angoli vuoti di parole, va in Africa e ne sente i profumi, le voci della gente, ne immagina lo spazio e i colori sgargianti, la polvere e il sangue.

Al termine delle lezioni al centro di accoglienza, attorno a lui si raduna chi vuole narrare la propria storia, a volte sono poche frasi pronunciate con difficoltà, a volte, invece, diventano torrenti e arcobaleni, ricchi di particolari.

L'inverno trascorre veloce, pieno di impegni che non pesano, con un ritmo variabile che annienta la noia e rende lucido lo sguardo.

L'isolamento esiste senza pensiero, e gli articoli di Fedele e i racconti di Salvatore si trasformano in un collegamento tangibile. I contatti e le condivisioni aumentano, le parole arrivano, stanno arrivando e arriveranno ovunque.

*

Salvatore è nato quando in pochi conoscevano il nome della sua isola. Un luogo di frontiera posto alla fine del mondo, con il mare blu e la terra che scotta. Cresciuto sulle barche, vicino alle cassette colme di alici, lo sguardo nell'azzurro, sopra e intorno a lui. Forse è lì che tutto è cominciato, tra ghirigori nell'acqua e soffi nel vento.

Prende lo zaino con il computer e la busta con dentro l'insalata di patate e pomodori. Esce di casa, i suoi passi sono regolari. Nella breve discesa prima di giungere al porto il sole lo costringe a strizzare gli occhi, a ritrovare intatto lo scandire dei giorni.

Sale a bordo della sua barca, leva gli ormeggi, tiene il motore a bassi giri. L'acqua ferma del porto gorgheggia, centinaia di pesciolini cambiano direzione tutti insieme, tracciano immaginari angoli retti.

Saluta i pescatori che hanno trascorso la notte in mare,

supera il faro di pietra, e lascia che l'Africa, davanti a lui, sia l'unica terra che possa intercettare il suo sguardo.

La primavera riscalda le giornate, toglie i maglioni, scopre la pelle, ha voglia di raccontare una nuova storia. In mare aperto Salvatore trova il suo pensiero e il suo respiro. La prua beccheggia, affonda di qualche centimetro, riemerge con energia, mentre lui scrive, batte tasto dopo tasto, e compone parole.

Rimane affascinato dal passaggio di uno stormo compatto di uccelli migratori, una forma geometrica perfetta, l'istinto di un viaggio libero. Li segue fino a perdersi nell'orizzonte, provando a immaginare la sensazione del volo, la facilità nel poter osservare le cose dall'alto, da un punto di vista esclusivo.

Ma è la terra, la forza di gravità ad ancorare sul fondo, a non dare altre vie di fuga se non quelle di attraversare un mare che può somigliare al più grande e insidioso degli oceani. E in un mare di frontiera, dove con un binocolo si cerca la terra promessa, ogni giorno vale un altro e si contano le poche probabilità di successo.

Quando Salvatore vede la colonna di fumo, sa che è un segnale per lui, una richiesta di aiuto, un messaggio chiaro. Riaccende il motore, manda il segnale di SOS alla capitaneria di porto, e punta il timone ancora più al largo.

Il barcone brucia, uomini e donne si buttano in mare e spariscono inghiottiti dall'acqua, altri si aggrappano al legno che ustiona le mani.

Salvatore riceve indicazioni che ha imparato a decifrare, ascolta urla interrotte dalle onde, fa salire a bordo chi ha ancora forza nelle braccia, afferra mani scivolose e nell'affanno registra il volto di chi non ce la fa e nuotando verso di lui semplicemente scompare.

Mantiene la propria barca a distanza di sicurezza dalle fiamme, in pochi minuti non c'è più spazio per nessuno e l'acqua lambisce i bordi.

Il barcone dei migranti si capovolge e affonda. Salvatore perde il conto, ovunque posi lo sguardo ci sono uomini in acqua.

La motovedetta giunge sul posto, un comandante coordina le operazioni, vengono lanciati salvagente, calate scialuppe, preparate coperte termiche. Chi può essere salvato viene salvato. Una scialuppa si affianca alla barca di Salvatore e la sgrava del peso eccessivo.

Quando rientrano al porto la macchina dei soccorsi è rapida ed efficiente. Gli abitanti si affollano sui moli, c'è chi ha portato delle coperte anche se sa che ce ne sono a sufficienza e chi ha preparato minestre e bevande calde, guidati dallo stesso istinto degli uccelli migratori che sanno dove è giusto andare.

Salvatore sostiene un uomo stremato che non riesce a reggersi in piedi e lo aiuta a scendere dalla barca.

Un bambino lo guarda spaesato, rannicchiato in un angolo, allunga timidamente le braccia per farsi sollevare, e nei suoi occhi Salvatore trova paura, ma anche fiducia.

Gli sorride, lo prende in braccio e si volta per passarlo a uno dei volontari che aspetta sul molo, sapendo che la vita può cambiare in un momento, ma non immaginando che il momento sia quello.

Giulia indossa un camice, dei guanti di lattice, ha i capelli raccolti, il viso stanco. Le sue braccia incrociano quelle di Salvatore, con il bambino in mezzo a loro che li unisce come li ha uniti il ragazzino sul bagnasciuga di Punta Tonnara anni prima.

L'incredulità si mischia a due lievi sorrisi e a due sguardi che contengono tutto. I secondi si condensano, rallentano, diventano eterni. Giulia e Salvatore non si accorgono di separarsi, di camminare e di respirare, di non essere più lì dove sono rimasti, dove si sono sfiorati e ritrovati.

Giulia accompagna il bambino nella tenda medica per i primi controlli, mentre Salvatore segue un marinaio in un ufficio per essere interrogato sul naufragio. Tra gli insulti e i fischi della gente due uomini in manette, accusati di essere gli scafisti, vengono portati a bordo di una motovedetta e trasferiti in continente.

Quando Salvatore esce dall'ufficio è tardo pomeriggio. Alcuni isolani gli si avvicinano e gli stringono la mano. Le vittime sono stimate intorno a venti, ma precisano che senza il suo intervento sarebbero state il doppio, se non di più.

Un uomo snello e pratico, con i baffi e un taccuino in mano, attira la sua attenzione con un cenno.

"Lei è Salvatore?" gli chiede in un italiano con un evidente accento americano.

"Sono io," risponde sbrigativo, cercando Giulia in un gruppetto di camici e divise.

"Molto piacere, io sono Jeff Connelly, del 'New York Times', e vorrei chiederle un'intervista."

Salvatore lo guarda, sbatte le palpebre, crede di non aver capito.

"Come ha detto?"

"Vorrei scrivere di lei, di quello che ha fatto oggi, dei suoi racconti." L'uomo sorride, è sui quarant'anni e ha un viso simpatico.

"Il 'New York Times' legge i miei racconti?" scherza Salvatore.

"Io li ho letti e li ho apprezzati. Abbiamo un'amica in comune che la stima molto, sono venuto con lei sull'isola."

"Giulia," sussurra Salvatore, riconoscendo il sapore del suo nome tra le labbra.

"Esattamente."

"Dov'è adesso?"

Salvatore si accorge di avere la risposta nel momento in cui pone la domanda. Corre verso la strada che porta sull'altipiano, con una storia non scritta, la sua, stretta nei pugni.

*

A Punta Caladritta lo sguardo vaga a trecentosessanta gradi, non ha ostacoli, l'orizzonte è dappertutto. Salvatore ci arriva con il fiatone, mentre il tramonto colora la scena di una luce cupa.

Giulia è seduta vicino alla scogliera.

I ricordi tornano tra loro come un prato di fiori selvatici.

Salvatore si siede accanto a lei, non smette di guardarla, di cercare e notare le differenze nel suo viso, una sottile ruga d'espressione e il colore degli occhi che non può competere con nessun'altra sua immagine sbiadita della memoria.

Le mani si cercano, si trovano e si stringono fino a farsi male, concentrando in una breve fitta la lontananza. Pensano alle estati, alla facilità dei giorni, alle promesse.

"Quanti anni sono che non vieni qui?"

Giulia guarda il mare, conta con le dita.

"Otto."

"È tanto tempo."

"Troppo."

Gli occhi si incontrano, ma non resistono e si volgono verso il mare, vasto e rassicurante. Tremano, mentre il vento aumenta di intensità e piega i gambi delle ginestre sull'altipiano.

"Come sta il bambino?"

"È un po' disidratato, ma in buone condizioni."

"Notizie dei genitori?"

"Non si trovano. Uno dei superstiti dice di averli visti affogare."

Salvatore scuote la testa.

"Non finirà mai."

"Oggi hai salvato decine di persone."

"Ne sono morte venti. Le ho viste andare a fondo."

Le mani stringono ancora più forte, poi Giulia lascia la

presa e con le braccia circonda Salvatore, in un contatto che lenisce e protegge.

Il tramonto brucia sulla linea dell'orizzonte, e nessuno fa niente, tutti restano a guardare.

"Ho letto i tuoi racconti, è stato come ricevere le tue lettere e riallacciare discorsi interrotti. Sono sconvolgenti, arrivano anche a chi non sa nemmeno che questa isola e questa tragedia esistono."

"Ho incontrato il tuo amico giornalista," dice Salvatore.

"A Jeff sono piaciuti subito. Gli ho detto che avrebbe potuto intervistarti, accendere un faro per provare a cambiare le cose."

"Ho appuntamento con lui domattina."

"Andare lontani ha anche qualche risvolto positivo." Giulia cambia espressione, graffia con le unghie una pietra levigata.

"Quando siete arrivati?"

"Ieri, abbiamo preso l'aereo da Milano. Lui riparte per Roma dopodomani." Giulia fa una pausa, deglutisce, sottolinea con il silenzio ciò che sta per dire: "Io, invece, mi fermo per un mese".

"Un mese?" Salvatore alza la voce. La domanda precipita sugli scogli, finisce in mare, e non è più sicuro di averla fatta.

"Sì."

"Come quando eravamo ragazzini."

"Un po' lo siamo ancora."

"Hai ragione."

"Posso darti un bacio?"

Salvatore sorride, non è pronto quando lei si avvicina e con inalterata semplicità lo sfiora, e lo bacia.

L'imbrunire scurisce i dettagli, allunga le ombre, ma non sposta le coordinate appena ritrovate.

"Dove starai per un mese?"

"A casa mia."

"Tutti dicono che tuo padre l'ha venduta."

"È vero. Le offerte erano troppo basse, e alla fine gli ho detto che l'avrei comperata io. La sto ancora pagando."
"È stata un'ottima idea."
"Ti va di andarci?"
"Speravo me lo chiedessi."
Salvatore l'aiuta ad alzarsi, e le riprende la mano.
"Aspetta." Giulia indica un punto nel cielo. "Ti ricordi la lanterna?"
"Certo."
"Io lo sapevo."
"Che cosa?"
"Che avrebbe funzionato."
Salvatore sorride, ha sempre creduto che Giulia sapesse qualcosa che lui ignorava.

*

Il buio non nasconde il sentiero che hanno percorso tante volte. Seguono le luci del paese, e tagliano per la strada che costeggia il promontorio fino a casa di Giulia. La recinzione in legno deve essere riverniciata, le erbacce hanno invaso il vialetto di ingresso e la veranda.
Giulia accende la luce del salotto e altri ricordi affollano lo spazio, tra polvere e odore di chiuso.
Vanno nella sua vecchia camera da letto, dove sono rimasti, come fossili del loro passato, i granelli di sabbia dell'ultima estate trascorsa insieme. Sul comodino, la cornice con loro bambini.
Entrano in un'istantanea senza tempo, la loro attenzione si confonde, accecata dal desiderio di tornare a essere come erano. Salvatore la sfiora con un braccio, e la stanza diventa sfondo e immagine sfocata. I loro sguardi prendono parola e si giurano di non essere mai stati così per nessun altro.

Si sdraiano sul letto, colmando la distanza con la lentezza, scoprendo una spalla e la curva del collo, le lentiggini sugli avambracci, i primi segni dell'abbronzatura. E poi le gambe da cui si sfilano mutandine e boxer, e le curve marcate dove il desiderio ritorna e accelera a velocità incontrollata.

Sono Giulia e Salvatore fuoriusciti dall'istantanea, che rendono materia pensieri e parole, e rinnovano la promessa.

Si addormentano e si risvegliano al mattino indolenziti dall'intreccio dei corpi, increduli di non aver vissuto un sogno, ma una conquista. Fanno colazione con latte e biscotti e il mare in platea, spettatore di baci e mani che faticano a lasciarsi.

"Perché non sei venuta all'appuntamento?" Salvatore ricostruisce Milano d'inverno, i palazzi, lì, sulla veranda, e chiede a Giulia di abbatterli.

"Ho avuto paura. Se ti avessi rivisto, non sarei partita." Giulia appoggia la tazza sul tavolo, incrocia le gambe sulla sedia. È diversa, indipendente, libera.

"Dopo essermi laureata in architettura sono stata tentata di accettare la proposta di mio padre, sarebbe stata la decisione più logica, invece ho pensato a quello che mi avevi detto tu in montagna, nella vasca da bagno. Non stavo seguendo le mie aspirazioni, non stavo scegliendo."

"Non lavori con lui?"

"Ho avuto un'occasione e l'ho presa al volo. Un'associazione internazionale che si occupa di progetti umanitari in Africa cercava un referente per l'America. Sono stata in Senegal l'estate scorsa per lo sviluppo di una rete di microcredito e ho fatto di tutto per aprire un progetto di cooperazione sull'isola, ed eccomi qui."

"Stai dicendo che ti ho aspettata per anni, e non l'ho fatto invano?"

Salvatore la prende in braccio, le fa il solletico sui fianchi e lei scalcia e si dimena. Devono abituarsi alla tridimensionalità dei sorrisi, al suono delle loro voci, ai sensi accesi e reattivi.

"Sono fiero di te."

"Perché lo dici ridendo?"

"Ti giuro che sono serio, solo che hai i baffi di caffellatte."

Giulia si copre la bocca con la mano, e corre in bagno a guardarsi allo specchio. Lascia la porta aperta, si spoglia, ed entra in doccia.

Salvatore sparecchia, ascolta il rumore dell'acqua, prende dal tavolo il tesserino di riconoscimento con il nome di Giulia e la sua fototessera. Non sa quando è stata scattata, se c'era qualcuno con lei, a chi ha sorriso prima e dopo, a chi ha detto grazie, a chi ha detto buonanotte, a chi ha detto "ti voglio bene" e chi lo ha detto a lei. Per un attimo si sente un estraneo, un intruso che vive nell'ombra e si ciba di briciole.

Guarda fuori il sole già alto e conta mentalmente quanti minuti ci sono in un mese. Il risultato è quarantatremiladuecento. Quarantatremiladuecento briciole che, se attaccate una a una, potrebbero comporre la torta più buona del mondo. E Salvatore ha fame, entra nel bagno, nella doccia, con Giulia, per fare l'amore e smettere, una volte per tutte, di perdere tempo prezioso.

*

Salvatore passa da casa a preparare un borsone con magliette e pantaloni per trasferirsi da Giulia. Suo padre è sulla poltrona intento a leggere un libro, lo osserva salire e scendere le scale. Gli dà una pacca sulle spalle, non ha bisogno di spiegazioni per capire cosa provi il figlio.

Salvatore porta Jeff a Punta Tonnara, fuori dal centro di accoglienza, al cimitero delle carrette del mare. Gli racconta del giorno in cui lui e Giulia hanno trovato i corpi sul bagnasciuga, spiega come le scelte di entrambi siano state influenzate dal costante pensiero che non sarebbe più dovuto accadere.

Si incontrano con Fedele alla rimessa delle barche e continuano l'intervista a pranzo, mentre Jeff prende appunti, registra risposte, e trova in profondità motivazioni e speranze.

Dopo qualche giorno l'intervista viene pubblicata e riportata dai quotidiani nazionali. Gli accessi al sito si moltiplicano, una rete sensibile partecipa, divulga informazioni, tiene alta l'attenzione.

La bacheca per chi cerca notizie di un parente o di un amico disperso diventa punto di incontro e riferimento. Un uomo, grazie alle informazioni fornite da un anonimo funzionario, ritrova sua moglie. Una ragazza che cerca la sorella scopre che vive a Parigi. E Fedele ritrova Jamila, che gli scrive un indirizzo e gli chiede di raggiungerla.

Salvatore riceve la lettera di un editore che gli propone un appuntamento per parlare dei suoi racconti. La mostra a suo padre, che indica la libreria a parete e dice di aver sempre lasciato uno spazio per lui. Salvatore si chiede se è quello che vuole, se davvero quelle storie gli appartengano, se il fatto di averle raccontate richieda necessariamente dei lettori. Trova la risposta nella linea che ha tracciato nell'aria tante volte, che lo ha riportato a casa, a scrivere per sentirsi libero.

La sua isola è di chi rimane e di chi arriva, non di chi se ne va, non di chi dimentica.

*

"Prendi la bicicletta. Dobbiamo sbrigarci." Salvatore la chiama dalla strada.

“Cos’è successo?” gli chiede Giulia, uscendo dalla porta con indosso il costume a due pezzi ancora umido dall’ultimo bagno del pomeriggio.

“Dobbiamo fare una cosa insieme.”

“Una cosa bella o una cosa brutta?”

“Se non ti spicci, nessuna delle due.”

“Sei antipatico.”

“E tu sei lenta.”

“Arrivo.” Giulia sbuffa, appoggia sul tavolo due fichi che avrebbe voluto mangiare, si infila maglietta e pantaloncini e raggiunge Salvatore.

Pedalare uno affianco all’altra fa parte di una consuetudine simile al tenersi per mano nello struscio serale. Non ci sono percorsi segreti, sorprese che si possono tenere nascoste a lungo.

Lasciano le biciclette dove la strada si interrompe e scendono a piedi per il sentiero, incrociando i turisti che tornano in hotel o nelle case in affitto. Attorno all’Isola dei Conigli non ci sono barche, e sulla spiaggia ci sono dei ragazzi con le magliette bianche e la testa di un panda disegnata sulla schiena.

“Non dirmi che…” Giulia accelera il passo, sorride.

“Le liberano adesso.” Salvatore annuisce, la segue, le sfiora un braccio.

Affondano i piedi nella sabbia calda, arrivano sul bagnasciuga quando la prima tartaruga tocca l’acqua di un’onda troppo corta per portarla via. Attende la successiva che la sommerge e le dà la spinta per nuotare e scomparire alla vista.

C’è un’altra tartaruga da liberare, curata nel centro di recupero dell’isola. Salvatore parla con un ragazzo che conosce, indica Giulia, sembrano d’accordo su qualcosa che lei non immagina.

Una ragazza dell’associazione la chiama, le mostra una cassetta e la tartaruga che aspetta. Giulia ha sul viso un’espressione di gioia, ascolta con attenzione le indicazioni, consapevole dell'importanza del compito.

"È rimasta impigliata nelle reti, un pescatore ce l'ha portata in fin di vita. Aveva un sacchetto di plastica nello stomaco, spesso li scambiano per meduse e li ingoiano."

Giulia si china e accarezza il carapace duro e nodoso come legno. Pensa al tempo, ai milioni di anni che hanno visto le tartarughe vagare per gli oceani e alla loro fragilità, alla drastica diminuzione del numero di esemplari fino al pericolo di estinzione.

"È nata qui?" domanda.

"Crediamo di sì. Quando le uova si schiudono, i piccoli si fanno guidare verso il mare dai riflessi di luce della luna e delle stelle, nuotano senza sosta anche per giorni, vanno lontani migliaia di chilometri, spariscono per più di vent'anni, ma non dimenticano mai da dove vengono."

Giulia guarda gli occhi vigili dell'animale, che ha riconosciuto il mare ed è pronto a farsi riabbracciare.

"Bentornata a casa," le sussurra piano mentre la libera, cogliendone la fatica, sentendosi affine a quell'andare e tornare.

La tartaruga riconquista con forza il suo spazio, resta a pelo d'acqua, nuota veloce verso il largo e sa esattamente perché un giorno tornerà a far nascere i suoi figli proprio lì.

"Tu lo sapevi e non mi hai detto niente." Giulia non riesce a smettere di sorridere.

Salvatore la guarda felice, si siede sulla sabbia e le fa segno di sedersi accanto a lui.

"Non ero sicuro che te l'avrebbero fatto fare. È il risultato di un lungo lavoro ed è un regalo molto ambito. Però gli ho raccontato una cosa, e loro hanno capito."

"Cosa gli hai detto?"

"Che tu somigli a una tartaruga dell'isola. Che te ne vai, ma torni sempre."

*

Ci sono meccanismi che combaciano e semplicemente funzionano. Salvatore e Giulia, messi alla prova dalla lontananza, avrebbero potuto chiudere gli occhi e vedere con chiarezza l'orizzonte senza di loro, continuare percorsi e lasciare che il sentimento nato da ragazzini venisse disperso in rivoli con meno irruenza e più tranquillità. Sanno che sarebbe stato più facile, che scordare ha meno implicazioni di non dimenticare, eppure sanno anche che è stato naturale, che non hanno scelto, ma solo sentito.

I giorni e le notti di quel mese sono nuovi e splendenti, la casa di Giulia è rifugio, il mare cornice.

"Sai qual è la cosa più bella?" gli domanda Giulia nel buio, prima dell'alba che tornerà a separarli, nel letto che è stato dei suoi genitori.

"Quale?" Salvatore ascolta il fruscio del lenzuolo, percepisce il suo respiro sul viso.

"Che ti ho cercato nello sguardo di altri, ma non ti ho mai trovato."

Giulia passa dita leggere sulle guance, sul naso, sulla fronte di Salvatore. Gli dà un altro bacio sulle labbra arrossate dai tanti baci.

"Questo sei tu."

La luce filtra dalle persiane, le valigie sono pronte, la sveglia suona.

All'aeroporto l'aria condizionata li fa rabbrividire. Giulia ha il biglietto in mano, andrà a Roma e da lì a New York. Provano a sfiorarsi, timorosi di scottarsi, di non avere altro che un addio da dire e da affrontare.

"Vorrei dirti di non partire. Trattenerti per un braccio e non lasciarlo fino a quando non cambi idea." Salvatore stringe la manica della maglietta di Giulia. Sorride, anche se non sta sorridendo.

"C'è una cosa che ora sappiamo." Giulia strappa dalla gola una manciata di parole, e le fa rotolare addosso a Salvatore. Cerca qualcosa nella tasca ed estrae una busta rosa stropicciata, con i bordi logori, e l'aspetto di essere stata letta molte volte.

"L'ha trovata il portiere del palazzo dei miei genitori. Sul muretto della panchina con i tre alberi. Mi ha detto di averti visto sconvolto e di averti cercato. Fin da piccola gli ho parlato di te, si era affezionato, faceva il tifo per noi."

Salvatore la riconosce, la prende e la apre. La ricorda quasi parola per parola.

"È una promessa, Salvatore. Tornerò, questo è il nostro posto, e il nostro momento è arrivato."

Si salutano così, come si sono salutati da bambini, con una frase sussurrata e ricambiata, una carezza e un abbraccio stretto che poco alla volta si scioglie, lasciando tracce che rimarranno fino all'incontro successivo, senza mettere confini né punti di interruzione, semplicemente perché la loro storia non ne ha

Dalla sentenza della Corte europea dei diritti dell'uomo sul caso *Hirsi Jamaa e Altri contro l'Italia* (23 febbraio 2012)

"Quando esiste un rischio di danno grave che derivi da una aggressione estera, da un conflitto armato interno, da una esecuzione extragiudiziaria, da una sparizione forzata, dalla pena capitale, dalla tortura, da un trattamento inumano o degradante, dal lavoro forzato, dalla tratta degli esseri umani, dalla persecuzione, da un processo basato su una legge penale retroattiva o su prove ottenute tramite tortura, trattamenti inumani e degradanti nello Stato di accoglienza, l'obbligo di non respingimento costituisce un obbligo assoluto per tutti gli Stati."

"I rifugiati che tentano di scappare dall'Africa non richiedono un diritto di ammissione in Europa. Essi domandano soltanto all'Europa, culla dell'idealismo in materia di diritti dell'uomo e luogo di nascita dello Stato di diritto, di cessare di chiudere le sue porte a persone disperate che fuggono dall'arbitrio e dalla brutalità. È una preghiera modesta, peraltro sostenuta dalla Convenzione europea dei diritti dell'uomo."

"Non restiamo sordi a questa preghiera."

Ringraziamenti

Scrivere è passione e fatica. Ci vogliono metodo e costanza, dubbi, spirito critico accentuato, solitudine.

E ci vogliono persone che credano in te, che quando sparisci tra quattro pareti capiscano dove tu stia andando, quale sia il tuo scopo, la tua urgenza, necessità e bisogno.

Ringrazio Adele, per esserci, con la mano in quella di Zeno, nel nostro viaggio.

Ringrazio mio padre, per l'onestà e il valore dell'impegno.

E mia madre, per la sua generosità, e per avermi trasmesso l'amore per la lettura.

Michele, per il viaggio a Lampedusa e aver creduto nel suo sogno di bambino.

Stefanone, per l'amicizia sincera.

Vicki Satlow, per la telefonata, la sera del 20 settembre 2010, in cui senza dubitare mi ha detto di voler essere la mia agente. Per la fiducia costante nella mia scrittura e in un progetto a lungo termine. Per i consigli preziosi.

Ricciarda Barbieri, per avermi fatto sentire che Feltrinelli è prima di tutto una "casa" editrice e non un semplice editore. Per il suo entusiasmo contagioso, e per aver voluto con determinazione essere l'editor de *Le tartarughe tornano sempre*.

Gianluca Foglia, per le belle parole sul romanzo e la voglia di trasformarlo in qualcosa di importante.

Giulia Belloni, per le telefonate, le e-mail, per aver amato Giulia e Salvatore da subito.

E Gigi e Gabriella, che continuano a farmi compagnia ovunque essi siano.

Non so cosa accadrà, dove i personaggi di questa storia mi porteranno, ma so di essere felice mentre scrivo queste poche righe.

Per questo ringrazio anche te che stai leggendo.

Enzo Gianmaria Napolillo

Indice